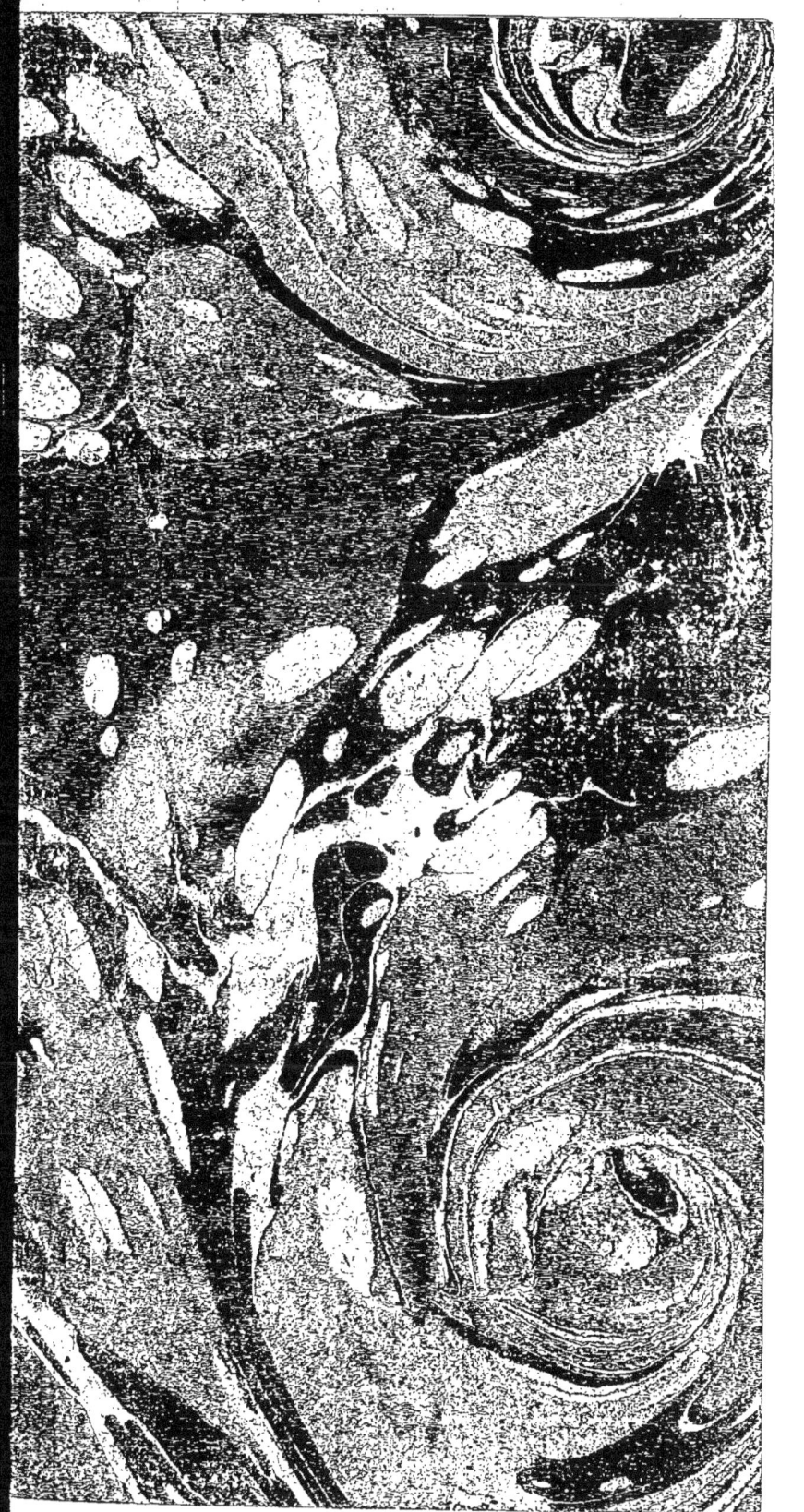

13683.

B.L.

B. Let: 4438.

Cat. donjon: 8511.

YOLANDE
DE
SICILE.

PREMIERE PARTIE.

A LYON,

Chez THOMAS AMAULRY
ruë Merciere, à la Victoire.

M. DC. LXXVIII.

AVEC PRIVILEGE DV ROI.

A
MADAME
LA MARQUISE
DE
THIANGE.

ADAME,

*Voicy une Estrangere qui
vous demande voftre Pro-
tection. Son Sexe , & fes
malheurs fuffiroient pour vous*

EPISTRE.

obliger à la luy accorder;
Cependant je suis persuadé,
MADAME, que sa Ver-
tu, son Esprit, & sa Beauté
vous y engageront plus fortement, par la conformité
qu'il y a de ses Qualitez,
avec celles que toute la France admire en Vous. Mais que
dira-t'on, MADAME, de
l'audace d'un Homme des Pyrenées, qui ne fait que commencer à écrire, & qui ose
d'abord vous dédier un Livre; Vous, MADAME,
à qui les Gens les plus habiles du Royaume, & les plus
polis de la Cour s'adressent
pour regler leurs Ouvrages

EPISTRE.

par voftre gouft, & qui font
affeurez du fuccez, par lé jugement que vous en faites.
Je vous avoüe, MADAME,
que cette confideration m'a-
voit fait balancer à vous
prefenter Yolande ; mais fon
intereft, & les avantages que
j'ay veu qu'elle en recevroit
m'y ont determiné. Je ne fçay
mefme, fi j'aurois pû refifter
à la paffion que j'avois depuis
long-temps de vous témoigner
que je fuis avec un tres-pro-
fond refpect,

MADAME,

Voftre tres-humble & tres-
obeïffant ferviteur,
DE PRECHAC.

A iij

EXTRAIT DU PRIVILEGE
du Roy.

PAr Grace & Privilege du Roy, donné à Versailles le 11. Octobre 1677. signé AKAKIA : Il est permis au Sieur DE PRECHAC, de faire imprimer un Livre intitulé YOLANDE DE SICILE, en un ou plusieurs Volumes ; & défenses à qui que ce soit de l'imprimer, vendre, ny debiter en quelque sorte & maniere que ce soit, sans le consentement dudit DE PRECHAC, ou de ceux qui auront droit de luy, sur peine de trois mille livres d'amande, & ce pendant six années ; ainsi qu'il est plus au long porté par lesdites Lettres.

Ledit Sieur de Prechac a cedé son droit de Privilege à Claude Barbin, suivant l'accord fait entr'eux.

Registré sur le Livre de la Communauté des Libraires & Imprimeurs de Paris le 8. Iuin 1678.

Et ledit Sieur Barbin a cedé son droit de Privilege à Thomas Amaulry Libraire à Lyon, suivant l'accord fait entr'eux.

YOLANDE
DE
SICILE.

A Sicile eſt une Iſle fameuſe dans la Mediterranée aux extremitez de l'Italie. Son étenduë, la fertilité de ſon terroir & la ſeureté de ſes ports la rendent ſans contredit la plus conſiderable de cette Mer. Tous ces avantages qui devroient en faire un Royaume heureux, n'ont ſervi qu'à la rendre la proye de

toutes les Nations de l'Europe & de l'Affrique, entre lefquelles elle eft fituée. Les Grecs, les Carthaginois, les Romains & les Sarrazins en ont fait long-tems le Theatre de la guerre. Les Rois de Naples de la Maifon d'Anjou, & les Rois d'Aragon en ont en fuite difputé la poffeffion avec la derniere opiniâtreté. Les Vefpres Sicilienes en rendirent ces derniers les Maîtres, les Partifans de la Maifon d'Anjou ayant la plufpart efté exterminez dans cette funefte journée, & la Politique Efpagnole ayant depuis eu foin d'abaiffer ou d'éteindre ce qui en reftoit.

La Maifon Cigala eftoit une des plus confiderables

de celles qui portoient le nom
François gravé dans le cœur;
mais les Efpagnols eftant pai-
fibles poffeffeurs de l'Ifle,
cette illuftre Maifon fe voyoit
fur le point d'eftre accablée,
lors qu'on la vid relever par
un accident tout à fait extraordinaire.

Quelques Corfaires Turcs
ayant fait une defcente en
Sicile, ils y enleverent plufieurs Efclaves, parmy lef-
quels fe trouva le Chef de la
Maifon Cigala avec un fils
unique âgé de fept à huit
ans. Le Pere eftant mort dans
les fers, la beauté de cet en-
fant le fit deftiner à entrer
dans le Serrail, où il fe per-
fectionna dans tous les exercices qu'on fait apprendre

A v

avec beaucoup de soin aux
jeunes gens qu'on y éleve.
La vivacité de son esprit qui
luy avoit attiré les bonnes
graces du Grand Seigneur,
luy fit d'abord obtenir des
emplois considerables à la
Porte, & son merite le fit en
suite parvenir aux premieres
Charges de l'Empire Otto-
man. C'est luy qui s'est rendu si fameux sous le nom du
Bassa Cigala. Le souvenir de
son origine & les sentimens
d'une Religion qui n'avoit
pû s'éteindre dans son cœur,
quoy qu'il l'eust quittée dans
un âge fort tendre, luy firent
souvent naître le desir de
retourner en son Païs. Mais
ces impressions ne se seroient
point trouvées assez fortes

pour l'y refoudre, s'il n'y euft efté determiné par une occafion extraordinaire.

La coûtume des Turcs leur permettant d'avoir plufieurs femmes, il s'en trouva une parmy celles du Baffa qui avoit efté enlevée fur les côtes d'Italie ; c'eftoit une perfonne de Qualité, & qui avoit une grande attache pour fa Religion. Elle r'alluma dans le cœur de Cigala tout ce que fa premiere éducation en avoit pû laiffer : ce qui le fit enfin refoudre de retourner avec elle dans fa Patrie. Il aborda à Meffine avec des richeffes immenfes, aprés s'être dérobé avec affez de peine à la vigilance des Turcs. Eftant donc rentré dans la

Religion de fes Peres, il eut
bien-toft remis dans fa Famille, la plufpart des Terres
qui en avoient efté alienées.
Ses biens, & l'éclat de fa vie
commençoient à réveiller la
jaloufie des Efpagnols, lors
que le changement de cli-
mat, ou peut-eftre fes longues fatigues terminerent les
jours de ce grand Homme.
Il ne laiffa qu'un fils de fon
mariage, & ce fils qu'on
nommoit Dom Bernardin fut
élevé par fa mere avec les
derniers foins. A peine fut-il
forti de l'enfance, qu'il voulut chercher de la gloire dans
les armes. L'emulation qu'il
avoit pour celle que fon pere
y avoit acquife, luy fit fuivre
ce noble métier avec beau-

coup de succez : & il y eut
sans doute fait de grands pro-
grez, si la jalousie des Espagnols à qui le merite du pere
n'avoit donné que trop d'ombrage, ne luy en eust ôté
les moyens. Ils avoient voulu
s'asseurer de Dom Bernardin,
en luy faisant épouser une
fille de leur Nation : mais
toutes leurs pratiques furent
inutiles, & Dom Bernardin
qui n'avoit pas moins d'aver-
sion pour eux que ses prede-
cesseurs, & qui cherchoit à
se faire un puissant appuy
contre leur tyrannie, épousa
une Princesse Romaine de la
Maison des Ursins, montrant
par là son courage & ses esperances. La grandeur de cette
Alliance, & l'union de Dom

Bernardin à une Maiſon qui
avoit toûjours eſté attachée
au party François , donnoit
déja de l'ombrage aux Eſpagnols : Mais parce qu'il avoit
reconnu en pluſieurs ren-
contres leur mauvaiſe volonté , & qu'il avoit remarqué
l'application continuelle qu'ils
avoient eu à détruire ſa Maiſon , il ne douta point que les
meſmes raiſons ne leur fiſ-
ſent chercher les moyens de
la ruïner une ſeconde fois :
& ſçachant par experience
combien il eſt dangereux de
s'attirer l'indignation de ſes
Maiſtres , il reſolut d'éviter
les occaſions de leur donner
inutilement de la jalouſie, &
ſe retira dans une maiſon de
campagne éloignée de tout

commerce, où il passa quelques années , en attendant
que le temps luy eust donné
les occasions de leur marquer
son ressentiment. La puissan-
ce de la Maison d'Autriche
étant affoiblie dans ce temps-
là, par l'heureux succez des
armes des François, Dom Bernardin jugea que cela pourroit donner lieu à quelque
mouvement dans les Estats
que le Roy d'Espagne posse-
de en Italie. Il ne se trompa
point dans ses conjectures.
Le Royaume de Naples s'é-
tant revolté , & les mécon-
tens ayant appellé le Duc de
Guise pour s'asseurer d'un
Chef , Dom Bernardin crût
ce temps propre aux desseins
qu'il avoit meditez. Il prit des

mesures avec ce Duc , & il fit des pratiques dans l'Isle. Les Espagnols en eurent quelque soupçon , & quoy que toutes ses menées ne fussent pas venuës à leur connoissance, ils en découvrirent assez pour prendre la resolution de perdre Cigala. Le Cardinal Trivulce qui estoit alors Viceroy de Sicile, receut ordre d'Espagne de s'asseurer de sa personne ; & quoy que cette entreprise fust assez difficile, ce Cardinal, qui estoit un des plus habiles Politiques de son temps, l'executa avec tant d'adresse , que D. Bernardin fut arrêté & conduit au Château de S. Sauveur, sans que personne osast remuër. Le Viceroy ayant eu la précaution d'éloigner une partie des amis de Cigala, d'attirer les autres dans ses interefts, & de les amufer tous en les affeurant que la Cour n'en ufoit de cette maniere que pour ofter tout pretexte au Duc de Guife de publier à Naples (comme il faifoit) qu'il avoit un grand party en Sicile, & que le Royaume fe declareroit bientoft en fa faveur. Lors que Dom Bernardin fut arrefté, il avoit une fille unique âgée de cinq à fix ans, qu'on nommoit Yolande. Le Duc de Guife ayant eu le malheur de tomber entre les mains des Efpagnols, fut conduit en Efpagne, & les defordres de Naples finirent par des feveres punitions , & par de longues & grandes cruautez. Les Espagnols n'ayant plus à craindre de soûlevement en Sicile , les Amis de la Maison Cigala esperoient qu'on donneroit la liberté à Dom Bernardin , mais ils l'attendirent inutilement.

Le Senat de Messine qui s'interessoit à la conservation d'un homme dont le merite luy estoit si connu , & qui jugeoit d'ailleurs qu'une prison perpetuelle sur des simples soupçons deviendroit d'un dangereux exemple pour les plus considerables du Royaume , la fit demander au Roy d'Espagne : Mais bien loin de l'obtenir , leurs sollicitations pressantes aigrirent tellement

le Conseil, & le Roy trouva
si mauvais que tout le Senat
fist son affaire de celle d'un
particulier, qu'il fut resolu
dés ce temps-là de supprimer
son authorité. En effet tous
les Gouverneurs qui ont esté
depuis envoyez à Messine ont
eu des Memoires secrets pour
travailler à l'execution de ce
dessein. Voilà le commencement & la veritable source
des malheurs dont cette Ville
a esté accablée dans ces derniers temps. Dom Bernardin
estoit toûjours étroitement
gardé, n'ayant presque plus
d'esperance d'obtenir sa liberté. Ses meilleurs Amis luy
conseillerent de dissimuler
son ressentiment & de s'accommoder au temps, en fai-

fant de grandes foûmiffions
aux Efpagnols. Un confeil fi
oppofé à fon inclination naturelle & à la grandeur d'un
courage qui ne fçavoit point
fléchir, luy fit d'abord autant de peine que fa prifon,
ne pouvant fe refoudre à pro-
mettre ce qu'il fentoit bien
qu'il luy feroit difficile de tenir; mais enfin cet avis eftoit
trop falutaire pour le negli-
ger, il fallut s'y rendre aprés
avoir bien combattu. Le Duc
de Salmonetta, qui avoit fuc-
cedé au Cardinal Trivulce
dans la Vice-Royauté de Sicile, & que les Amis de Dom
Bernardin avoient engagé
dans fes interefts, fut ravy
de le voir dans des fentimens
conformes à leurs confeils. Il

écrivit en Efpagne en faveur de ce prifonnier, & on luy fit efperer qu'on auroit égard à fes remontrances. Mais foit qu'il reftaft encore quelque défiance dans l'efprit des Miniftres, ou qu'il euft des ennemis fecrets qui s'oppofoient à fa liberté, il demeura prifonnier.

Les Efpagnols cherchent ordinairement à s'affeurer de la fidelité des Familles qui font les plus confiderables dans les Eftats fujets à leur domination, & ils n'ont pas trouvé un moyen plus affeuré pour y reüffir, que celuy de faire élever à Madrid les enfans de la premiere Qualité, qu'ils retiennent à la Cour, comme les oftages de

la servitude de leurs peres.
Ils les engagent ensuite à des
mariages avec des filles Espa-
gnoles, qui ne portent souvent d'autres biens dans ces
Familles, que la seule esperance d'un Gouvernement,
ou de quelque autre employ
proportionné à leur naissance. Le Prince de l'Escaletta
& Dom Augustin Gregorio,
tous deux Messinois, estoient
alors à Madrid en qualité de
Meninos ou enfans d'honneur
du Roy d'Espagne. Le Duc
de Salmonetta qui n'oublioit
rien pour servir utilement D.
Bernardin, luy conseilla d'envoyer en Espagne Yolande
sa fille unique, pour y estre
aussi élevée auprés de la Reyne, l'asseurant qu'elle y seroit

parfaitement bien receuë, &
que cette marque de con-
fiance pourroit même avancer fa liberté, & luy attirer
enfuite plufieurs autres graces. Dom Bernardin refifta
long-temps aux raifons du
Viceroy, la tendreffe qu'il
avoit pour fa fille eftoit un
grand obftacle à cet éloignement. Mais que n'auroit-il
point fait pour fe voir libre
aprés une fi longue prifon?
Il fe laiffa perfuader, & confentit que la Ducheffe de Salmonetta, qui s'en retournoit
en Efpagne, y menaft Yo-
lande avec elle. Cette fille
eftoit âgée de dix ans : &
comme elle avoit une peine
extrême à s'éloigner de fes
Parens, qui luy avoient déja

inspiré les sentimens de leur
Famille contre les Espagnols,
elle avoit pour eux une haine au dessus de son âge. Aussi
eut-elle beaucoup de repugnance à faire ce voyage ;
neanmoins on sçeut si bien
profiter de la foiblesse de son
enfance, qu'elle se laissa enfin
conduire à Madrid , où elle
fut receuë au nombre des
Filles de la Reyne, ou *Damas
de Palacio*.

Aprés un pareil sacrifice,
D. Bernardin creut estre en
droit de presser la Cour de
luy accorder sa liberté. Il fit
de nouvelles instances , &
employa tous ses amis , sans
rien obtenir que des paroles,
ausquelles il ne pouvoit prendre aucune confiance ; par-

ce

ce qu'on luy en avoit déja
manqué plusieurs fois. Il crai-
gnit même que le Côseil d'Espagne n'eust resolu sa perte.
Il est constant qu'il mourut
peu de temps apres dans sa
prison, & qu'on n'a jamais
bien sceu si sa mort avoit esté
naturelle. Cependant comme
dans ces occasions on est
toûjours porté à croire le mal,
personne ne douta qu'on
n'eust avancé ses jours, & toute la Noblesse de Messine eut
tant d'horreur d'une action si
barbare, que depuis ce temps-
là, elle a toûjours regardé les
Espagnols comme des veri-
tables Tyrans, qui ne peuvent souffrir ceux qui sont di-
stinguez ou par la qualité, ou
par le merite. La femme de

I. Partie. B

D. Bernardin fenfiblement
touchée de la perte de fon
mary, mourut peu de temps,
après. Ainfi Yolande fe trouvant orpheline à douze ans,
la Reyne qui l'aimoit tendrement, tâcha de la confoler,
en luy promettant de luy fervir de mere.

    Yolande voyoit quelquefois
le Prince de l'Efcaletta & D.
Auguftin Gregorio. Ces
deux jeunes Cvaliers qui luy
parloient fans contrainte, luy
aprirent les bruits qui cou-
roient fur la mort avancée de
fon pere, & l'indignation que
toute la Nobleffe de Meffine
en avoit conceüe. Comme
elle avoit beaucoup d'efprit,
& plus de penetration que
n'en ont d'ordinaire les filles

de cet âge, cette nouvelle augmenta ſi fort ſon averſion pour les Eſpagnols, qu'elle ne pouvoit s'empécher de la faire paroître. Elle n'oſoit pourtant éclater devant le monde, mais lors qu'elle ſe trouvoit ſeule avec le Prince de l'Eſcaletta & D. Auguſtin, elle s'abandonnoit à toute ſa douleur, & ne parloit pas moins que de vanger la mort de ſon pere, & de ſe donner enſuite pour prix à celuy qui delivreroit ſa patrie de la cruelle tyrannie des Eſpagnols. Ils entrerent tous deux dans ſon reſſentiment; mais le Prince de l'Eſcaletta qui eſtoit le plus âgé, l'aſſeura qu'il s'eſtimeroit tres heureux, s'il pouvoit contribuer à ſa vengeance, &

qu'il periroit avec plaisir dans
un si glorieux dessein. Yolande luy en sceut tres-bon
gré, & le pria de se bien res-
souvenir de son engagement.
Cette conversation finit par
des asseurances de beaucoup
de reconnoissance du côté
d'Yolande, & d'un eternel
attachement de la part du
Prince.

De pareils entretiens leur
donnerent bien de l'estime
l'un pour l'autre : & comme
il n'y a pas loin de ce sentiment à l'amour, le Prince de
l'Escaletta se trouva en peu
de temps passionnemét amoureux d'Yolande. Elle estoit
à quatorze ans la beauté la
plus achevée de toute l'Espagne. Elle avoit la taille fine &

avantageufe. Son teint eftoit
d'une blancheur & d'un In-
carnat furprenant. Jamais il
ne fut de fi beaux yeux que
les fiens ; ils eftoient grands,
noirs, & paffionez à un point,
qu'il eftoit impoffible de les
regarder fans y prendre un
intereft particulier. Elle avoit
le nez bien proportionné, la
bouche un peu grande, mais
relevée par des levres d'un
coloris merveilleux, les dents
parfaitement belles, le tour
du vifage accomply, la gorge
bien formée pour fon âge, &
avec cela les qualitez de l'efprit fort au deffus de celles
du corps. Enfin l'on peut dire
qu'elle eftoit toute divine. La
Reyne en eftoit tellement fatisfaite, & avoit tant d'amitié

B iij

pour elle, qu'elle avoit refu-
fé plufieurs fois à fes parens
la permiffion de la ramener
à Meffine, & leur avoit declaré qu'elle n'eftoit pas dans
le deffein de fe priver fi-tôt
d'une fille fi aimable. Et afin
qu'elle fouffrift cette efpece
de prifon moins impatiem-
ment, on luy donnoit de petites libertés, qu'on n'a pas
accoûtumé d'accorder aux
filles du Palais. On permet-
toit quelque fois au jeune
Prince de l'Efcaletta, & à D.
Auguftin Gregorio de la vifiter, parce qu'ils eftoient de
fon Païs. Le premier fentoit
tous les jours augmenter fa
paffion ; neanmoins comme
c'eft un crime en Efpagne de
parler d'amour à une fille de

la Reyne, & qu'il est inévitable d'estre chassé si l'on est découvert, toutes les fois que le Prince songeoit qu'il ne pouvoit donner des marques de sa passion à Yolande, sans s'exposer à estre éloigné d'elle, il n'avoit plus la force de parler. Cette consideration l'auroit peut-estre long-temps retenu dans le silence, si D. Augustin ne luy eust un jour fait connoistre par ses discours, qu'Yolande luy paroissoit si charmante, qu'il commençoit à sentir pour elle quelque chose de plus fort que l'amitié. Le Prince fort surpris de cette confidence, ne fit pas semblant d'y prendre interest, & se contenta de dire à son amy, qu'il estoit dangereux de confier à quelque autre moins discret les sentimens qu'il avoit pour Yolande, le priant instamment d'estre fort retenu là dessus, de peur qu'on ne leur deffendist à l'un & à l'autre de la voir. D. Augustin se rendit à ces raisons, & luy promit ce qu'il souhaita. Le Prince qui craignoit que son Rival parlant le premier, ne s'establist dans le cœur d'Yolande, resolut de se declarer, & prit si bien son temps, qu'enfin il se trouva seul avec elle.

Le dessein qui luy avoit fait rechercher cette occasion, luy donnant un air embarressé, Yolande s'en apperceut, & luy en demanda la cause. Le Prince qui n'auroit jamais ofé luy dire ce qu'il fentoit pour elle, devenu plus hardy par la curiofité qu'elle avoit témoignée, luy répondit, qu'un de fes amis qui aimoit paffionément une fille de la Reyne, s'eftoit emancipé à parler de fa paffion à celle qui l'avoit fait naître ; qu'elle l'avoit menacé d'en avertir la Reyne, & que fon amy en eftoit dans la derniere confternation, craignant d'eftre éloignée de ce qu'il aimoit ; qu'il la prioit de luy dire, fi elle approuvoit des fentimens fi violens dans une belle perfonne, pour qui fon amy avoit une paffion refpectueufe qu'il expliquoit, n'eftant plus en fon pouvoir de la cacher. Yolande fans répondre à ce qu'il

B v

luy demandoit , & ne son-
geant qu'à satisfaire sa curiosité, le pria de luy dire le nom
de la Dame. Le Prince feignant de ne vouloir pas le
nommer par discretion pour
son amy , fit le portrait d'Yolande , & luy fit connoî-
tre par là sa passion. Comme
elle avoit de l'esprit, elle connut facilement ce qu'il luy
vouloit faire entendre ; Je suis
bien-aise, luy dit-elle, un peu
troublée , que vous m'ayez
apris vous-même par avance,
ce que je dois faire ; je crain-
drois que vous n'eussiez mau-
vaise opinion de moy , si je
ne suivois vos conseils en me
plaignant à la Reyne de vôtre hardiesse. Une Sous-gou-
vernante incommode estant

furvenuë, leur ofta le moyen
de continuer cette converfation. Le Prince avant de fe
retirer, luy dit en langue Si-
cilienne, que s'eftant entierement devoüé à fon fervice,
il la prioit de fonger qu'elle
ne pouvoit le facrifier fans
perdre celuy qui l'avoit voulu
vanger. Mais l'air dont elle le
quitta, luy ayant fait comprendre que fa hardieffe ne
luy avoit point dépleu, il fe
retira fort fatisfait de luy
avoir découvert un fecret
qu'il avoit eu tant de peine à
luy cacher.

Yolande qui n'avoit jamais
fenty qu'un defir de fe vanger, & qui ne connoiffoit,
point encore l'amour, fut affez furprife de ce qu'elle ve-

noit d'aprendre du Prince de
l'Escaletta ; & faisant reflexion fur tous les foins qu'il
avoit pris de luy plaire, elle
jugeoit que fa paffion devoit
eftre violente. D'abord l'au-
fterité de fa vertu la fit repentir du peu de colere qu'elle
avoit témoignée à leur fepa-
ration ; mais ce qu'elle devoit
à fon pere venant à fe prefenter à fon imagination, elle
refolut de ne pas rebuter ce
Prince. Peut-être faifoit-elle
pour fatisfaire fon inclination,
ce qu'elle croyoit accorder à
l'efperance de fe vanger.

　　Le Prince cherchoit de fon
côté les occafions de l'entretenir , afin de la faire expli-
quer plus clairement ; toute-
fois craignant de ne pouvoir

pas se trouver seul avec elle,
il luy demanda en presence
de D. Augustin, si la colere
de sa compagne duroit encore. Yolande qui comprit sa
pensée, luy répondit, que cette personne avoit à sa priere
pardonné l'offence qu'on luy
avoit faite, que même elle
pourroit permettre à son amy
de l'aimer, à condition qu'il
ne luy diroit jamais. D. Augustin qui ne comprenoit
rien à ce langage, eut de l'impatience d'estre seul avec son
amy pour s'en éclaircir, &
l'ayant pressé de le luy aprendre, le Prince fut obligé de
luy dire qu'une des Filles du
Palais avoit voulu se plaindre
à la Reyne, de ce que son
amant luy avoit tenu quel-

ques diſcours d'amour , &
qu'Yolande avoit eu la bonté
de l'en empêcher. Je ſuis ravy dit auſſi-tôt D. Auguſtin,
qu'elle ſoit ſi indulgente, &
je veux dés demain luy parler
de ma paſſion. Prenez bien
garde à ce que vous ferez, repliqua le Prince ; on ne pra-
tique pas toûjours les conſeils qu'on donne, & quoy
qu'Yolande ait blamé l'inju-
ſtice de ſa compagne , je ne
ſçay comment elle en uſeroit,
ſi elle étoit à ſa place. D. Auguſtin fut long-temps à ſe determiner ; ſon amour l'ayant
emporté ſur tous ſes raiſon-
nemens, il ſe reſolut de parler. Il eſtoit plus jeune que ſon
amy ; ſa naiſſance n'eſtoit pas
veritablement ſi conſidera-

ble, mais il estoit d'une beauté extraordinaire, & la grande opinion qu'il avoit de sa
bonne mine, luy fit croire
qu'il seroit écouté. Ayant
declaré sa resolution au Prince, qui ne pût jamais l'en dé-
tourner, il alla seul voir Yolande. Apres quelques mo-
mens de conversation, il luy
avoüa fort ingenuëment qu'il
se trouvoit bien embarrassé
pour commencer un discours
qu'il avoit resolu de luy faire.
Yolande qui ne songeoit à
rien moins qu'à ce que Dom
Augustin luy vouloit dire, le
pressa de parler. D. Augustin
ayant exigé qu'elle ne se fâ-
cheroit point, luy declara enfin qu'il l'aimoit. Yolande qui
n'agissoit pas si serieusement

avec D. Auguſtin qu'avec le
Prince, ne laiſſa pas d'en
rougir un peu ; neanmoins
s'eſtant bien-toſt remiſe, elle
tourna la choſe en plaiſante-
rie, & ſe moqua de luy, d'a-
voir fait tant de façons pour
luy dire une folie. Ils ſe ſepa-
rerent peu de temps aprés.

Le Prince de l'Eſcaletta
qui avoit la derniere impatience d'apprendre le ſuccez
de cette viſite, commençoit
à s'inquieter, lors que D. Auguſtin luy apprit tout ce qui
s'eſtoit paſſé. Le lend main
ils allerent la voir enſemble,
& le Prince deſirant penetrer les ſentimens d'Yolande
pour Dom Auguſtin, luy dit
d'un ton de raillerie, que D.
Auguſtin eſtoit fort en peine

de luy perſuader qu'il l'aimoit , & qu'il trouvoit fort
mauvais qu'elle ne le prît pas
ſerieuſement. Vous eſtes trop
obligeant pour vos Amis, luy
répondit Yolande ; ſongez
ſeulement à donner de bons
conſeils à celuy dont nous
parlions dernierement ; vous
aurez aſſez d'occupation,ſans
vous méler des affaires de D,
Auguſtin.

   Yolande paſſa encore quelques mois en cet état , ne
s'embarraſſant point de la
paſſion de Dom Auguſtin, &
ſe faiſant un ſecret plaiſir de
celle du Prince. D. Auguſtin
s'eſtant rebuté de la trouver
toûjours inſenſible, n'y penſa
plus. Le Prince de l'Eſcaletta s'attacha davantage à luy

plaire ; elle l'écouta dans les commencemens , croyant le pouvoir faire sans rien mettre du sien , & sans qu'il luy échapast aucun sentiment malgré elle. Sa confiance ne fut pas trop bien fondée, comme tout cede à un amour bien veritable , & qu'il est difficile de se croire tendrement aimée, sans prendre un interest particulier aux gens. Yolande fut touchée des soins du Prince, & reconnut par là qu'il est dangereux de souffrir la passion d'un honneste homme , quand on ne veut pas engager son cœur. Le Prince s'estant apperceu de cét heureux changement, par les discours & par les bons traitemens de sa Maîtresse, s'abandonna devant elle à des tranſports qui luy firent connoiſtre l'excez de ſon amour.

La ſatisfaction des deux Amans eſtoit trop marquée, & le plaiſir qu'ils avoient à eſtre enſemble, leur faiſoit rechercher avec trop de ſoin les occaſions de s'entretenir, pour ne pas donner de ſoupçon dans une Cour, où l'on vit avec tant de circonſpection. Enfin on défendit au Prince de la voir ; cette défenſe qui l'affligea ſenſiblement, avança plus ſes affaires qu'il n'auroit fait par des longs ſervices : car Yolande eſtant irritée de cet ordre, qu'elle trouvoit d'autant plus tyrannique, qu'il luy venoit de la part des gens qu'elle regardoit comme les persecuteurs de sa Maison, resolut de l'aimer toute sa vie malgré les obstacles qu'on y pourroit apporter.

Cependant toute la Cour parloit de sa beauté. Sa naissance estoit connuë, & quoy qu'elle eust des grands biens, le bruit commun luy en donnoit encore davantage. Plusieurs Grands d'Espagne songeoient à elle comme à un des premiers Partis de la Cour, & un des Ministres s'estoit déja employé auprés de la Reyne pour la marier au Marquis de Castel Rodrigo, qui avoit beaucoup de merite & de qualité, mais qui estoit tres-mal partagé des biens de la

La Marquife de Villa-Franca Dame d'atour de la Reyne, qui avoit eu la mefme penfée pour le Duc de Fernandina fon fils, en avoit aussi parlé à la Reyne : mais Sa Majefté, qui ne pouvoit fe refoudre à fe defaire d'une fi aimable fille, differoit toûjours à fe determiner. La Marquife qui eftoit obligée par fa Charge d'eftre toûjours au Palais, profitant de la commodité de voir Yolande à toute heure, luy faifoit bien des amitiez : & cette jeune perfonne, qui ne fçavoit pas où tendoient toutes ces carefses, y répondoit avec beaucoup de reconnoiffance. La Marquife en conceut de fi bonnes efperances pour le

fuccez du mariage de fon fils,
qu'elle en parla un jour, comme d'une affaire fans difficulté, à une Dame de Sicile
qui luy avoit efté recomman-
dée, & qui en ce temps-là
follicitoit quelques pretentions à la Cour. Cette Sici-
lienne luy éleva extrême-
ment la qualité & les biens
de la Maifon de Cigala, & la
Marquife la pria inftamment
de luy garder le fecret. Neanmoins comme la plufpart des
Siciliens haïffent naturellement les Efpagnols, auffi-toft
que la Comteffe de Caftelmara (c'eft le nom de la Dame) trouva le Prince de l'Efcaletta, elle luy apprit tout
l'entretien qu'elle avoit eu
avec la Marquife de Villa-

Franca , témoignant mefme de la douleur de ce qu'un Efpagnol enlevoit la plus riche heritiere de fon Païs.

Le Prince qui avoit déja oüy parler confufément de la prétention de Caftel Rodrigo , fut cruellement allarmé d'apprendre encore les pratiques de la Marquife de Villa-Franca. Deux jours aprés, la Comteffe de Caftelmara luy dit que la Marquife l'avoit prefentée à Yolande,& qu'elle l'avoit priée de la voir fouvent , & de luy infinüer que le mariage du Duc de Fernandina luy feroit plus avantageux , que tous ceux qu'on pourroit luy propofer. Et que luy avez-vous répondu , interrompit le Prince ?

Je luy ay promis de prendre
mon temps pour luy en parler , repliqua la Comtesse.
Est-ce là donc, continua-t'il,
la douleur que vous me mar-
quiez de voir enlever Yolande par un Espagnol, & pouvez-vous desapprouver une
chose dont vous voulez estre
la mediatrice ? La Comtesse
trouvant dans ce discours
plus d'emportement, que n'en
devoit donner au Prince le
seul interest de sa Nation ; Je
vous ay déja dit ma pensée,
ajoûta-t'elle ; mais ayant be-
soin de la Marquise , je n'ay
pû luy refuser ce qu'elle a
exigé de moy. Cependant si
vous aimé Yolande , comme
il me paroît par vos discours,
soyez persuadé que je sçauray
mettre

mettre la difference que je dois entre vous & un Eſpagnol. Le Prince luy fit mille remerciemens , & l'engagea avant que la converſation finiſt de donner une lettre de ſa part à Yolande , & il ſe retira pour l'écrire.

La Comteſſe qui étoit obligée d'avoir des ménagemens avec la Marquiſe pour les intereſts qui l'avoient amenée à Madrid , commençoit à ſe repentir de ſon engagement, lors que le Prince revint avec ſa lettre , & la trouvant irreſoluë , il la pria de nouveau avec tant d'inſtãce, qu'elle luy promit enfin de luy tenir ſa parole. Elle chercha donc les expediens de la rendre à Yo-

I. Partie. C

lande d'une maniere qui ne
puſt jamais l'expoſer à eſtre
découverte , & ſans qu'Yolande puſt s'apercevoir qu'elle en euſt pris la commiſſion.
Cela paroiſſoit aſſez difficile :
cependant comme il y a peu
de difficultez de cette nature , que l'adreſſe d'une femme ne ſurmonte , quand elle
veut s'y attacher , la Comteſſe aprés y avoir rêvé quelque temps, s'aviſa de faire un
paquet de pluſieurs lettres
qu'elle venoit de recevoir de
Sicile , parmy leſquelles elle
meſla celle du Prince de l'Eſcalette , & ayant donné ce
paquet à un de ſes gens, avec
ordre de feindre qu'il venoit
de le retirer de la poſte , &

de luy apporter au Palais dans l'appartement de la Marquife de Villa - Franca , cet ordre fut ponctuellement executé. La Comteffe ayant ouvert fon paquet en la prefence de la Marquife , & même d'Yolande qui s'y trouva par hazard , elle luy rendit la lettre du Prince, feignant de ne fçavoir pas de qui elle eftoit , parce qu'elle n'avoit pas leu encore les fiennes. La Marquife fe retira par difcretion, pour leur donner le temps de lire leurs lettres , perfuadée que fon amie feroit bien fon devoir, lors qu'elle trouveroit jour à parler en faveur du Duc de Fernandina. Elle ne fe trompa point ; car la Com-

teſſe ne voulant pas expoſer
Yolande au deſordre qu'elle
prévoyoit bien que la lecture
de la lettre de ſon Amant
luy cauſeroit, prit ce temps
pour lui faire valoir les grands
avantages de l'alliance du
Duc de Fernandina, qui étoit
alors General des Galeres de
Naples, & qui eſperoit même par le credit de ſa mere,
de ſucceder à Dom Pedro
d'Arragon qui en eſtoit Viceroy. La Marquiſe eſtant ren-
trée dans ſa chambre, fut
ravie de les trouver enga-
gées dans cette converſation,
& voulut ſe retirer pour ne
les interrompre pas, feignant
de n'y avoir pas pris garde;
mais Yolande l'ayant apper-

ceuë, en prit occaſion de la ſuivre , & de ſe délivrer de l'embarraſſante converſation de la Comteſſe.

Auſſi - toſt qu'Yolande ſe trouva ſeule , elle eut de l'impatience de lire ſa lettre, où elle vid avec bien de la ſurpriſe le nom du Prince de l'Eſcalette , & ne pouvant comprendre par quel hazard cette lettre luy eſtoit venuë par les mains de la Comteſſe, qu'elle croyoit ſi oppoſée aux intereſts de ſon Amant, ſa paſſion luy faiſoit craindre qu'il n'euſt eſté renvoyé en Sicile. Mais ces inquietudes ceſſerent , lorſque liſant la lettre elle y trouva ces paroles.

EStant asseuré de vôtre cœur,
je ne croyois pas qu'il me
puft jamais arriver de déplaifir
fenfible. Cependant je me trouve le plus malheureux de tous
les hommes; on m'a deffendu de
vous voir, & je viens d'apprendre la funefte nouvelle du mariage auquel on veut vous for-
cer. Je tremble dans la crainte
que vous ne cediez enfin aux
artifices de ceux qui prennent
fur vous une authorité fi injufte.
Donnez-leur toutes les raifons
qui pourront vous en garantir,
& s'il eft poffible, prenez-les
toutes de voftre paffion. Si elle
eftoit trop foible, fouvenez-vous
du moins de ce que vous devez
à voftre vangeance, & ne dou-

tez jamais de la fidelité du Prin-
ce de l'Efcalette.

Yolande fut bien aife d'a-
voir veu par cette lettre que
fon Amant eftoit dans les fentimens qu'elle defiroit qu'il
euft, quoy que la delicateffe
de fa paffion fe trouvaft un
peu bleffée, par les défiances
du Prince. Elle auroit bien
voulu luy en faire tenir la réponfe ; mais n'ofant fe fier à
perfonne, incertaine fi la
Comteffe fçavoit leur intelligence, elle s'avifa enfin d'un
autre artifice, & refolut de
hazarder à luy répondre par
la même voye. Le lendemain
elle dit à la Comteffe que la
lettre qu'elle luy avoit renduë

C iiij

étoit de la sœur du Prince de
l'Escalette, & elle la pria ensuite d'en donner la réponse
à son frere, afin qu'il l'en-
voyast en Sicile dans son paquet. La Comtesse admirant
l'industrie d'Yolande, fit semblant de la croire de bonne
foy, & se chargea de cette
lettre qu'elle rendit fidelle-
ment au Prince. Il eut une
joye qu'on ne peut exprimer,
en apprenant l'invention de
sa Maistresse, qui luy mar-
quoit si fort son amour : mais
il fut le plus satisfait de tous
les hommes, lors qu'il leut ces
paroles.

JE ne sçay pourquoy je suis si
sensible aux marques de vôtre

souvenir, dans le temps que vous me faites paroiſtre des défiances ſi injurieuſes. J'aurois de la peine à vous les pardonner, ſi je ne les regardois comme des effets de voſtre paſſion. Il eſt vray qu'on me propoſe des partis conſiderables : mais pouvez-vous croire qu'ayant un pere à vanger, & vous ayant connu, je puiſſe confier à quelque autre le ſecret de ma vangeance, aprés vous avoir abandonné celuy de mon amour ? N'en doutez jamais, & ſoyez bien perſuadé qu'il n'y a que la mort qui puiſſe vous ravir voſtre Yolande.

Le Prince reſſentit toute la joye imaginable par la lecture d'une lettre ſi tendre :

C v

mais ayant l'indifcretion de
la plûpart des jeunes gens,
& croyant que fon bon-heur
ne feroit pas complet, fi quelque autre n'en avoit con-
noiffance, il en fit part à D.
Auguftin Gregorio, & luy
montra la lettre qu'il venoit
de recevoir, fachant bien
qu'il aimoit ailleurs, & qu'il
ne penfoit plus à Yolande.
D. Auguftin diffimulant fes
veritables fentimens, par une
adreffe au deffus de fon âge,
quoy que tres-ordinaire aux
gens de fon pays, témoigna
beaucoup de joye du bon-
heur de fon amy : mais en
effet la paffion qu'il avoit
eüe pour Yolande s'eftant re-
veillée par la lecture de cette

lettre , il refolut de s'y attacher tout de nouveau. Le
peu d'efperance qu'il avoit
eû de la rendre fenfible , l'a-
voit rebuté : mais s'eftant
defabufé par l'experience de
fon amy , & ayant reconnu
qu'il n'y a point de femme
qui foit à l'épreuve d'une
paffion bien veritable , &
d'une longue perfeverance,
il fe repentit mille fois de
s'en eftre detaché fi aifément, & fit une forte refolution de mettre tout en ufa-
ge pour gagner un cœur
qu'il croyoit avoir perdu par
fon impatience. Comme il
eftoit parfaitement bien fait,
& qu'il eft rare de voir en
Efpagne des jeunes hommes

d'une ſi grande beauté, il at-
tiroit ſur luy les yeux de toutes les Dames. Il avoit mé-
me remarqué qu'une de celles du Palais un peu ſuran-
née, dont je cacheray le
nom ſous celuy de Doña
Ignes, affectoit de luy faire
des amitiez qu'on ne fait pas
d'ordinaire à des perſonnes
indifferentes. L'amour qui
eſt ingenieux luy inſpira de
ſe ſervir du miniſtere de cette femme, pour faire ſçavoir
à Yolande ce qu'il ſentoit
pour elle : & les facilitez qu'il
avoit déja trouvées auprés
de quelque autre, luy faiſoient eſperer qu'il mettroit
facilement Doña Ignes dans
ſes intereſts, puis qu'elle luy

témoignoit tant de bonne volonté.

Quelque amour propre qu'il y euſt dans cette penſée, les ſuites luy firent connoître qu'il ne s'eſtoit pas trompé, & Doña Ignes ne ſouffrit pas qu'il luy fiſt long-temps impunement des avances. Elle travailla de ſon côté pour embarquer Dom Auguſtin, & ils furent bientoſt dans une parfaite intelligence. Elle ſe trouva ſi ſatisfaite d'avoir à ſon âge un amant de ſi bone mine, & elle l'aima avec tant d'emportement, qu'il n'eſtoit plus au pouvoir de D. Auguſtin de parler à une femme ſans que Doña Ignes en priſt jalouſie:

& bien loin d'oſer luy faire
confidence de ſa paſſion pour
Yolande , il eſtoit obligé de
la luy cacher avec plus de
ſoin qu'à ſon rival. Cela luy
donnoit des inquietudes extrêmes, & ne pouvant ſe reſoudre de continuer plus
long-temps à feindre une
paſſion qu'il ne ſentoit point,
il cherchoit un pretexte pour
rompre un commerce ſi laſ-
ſant , lors que Doña Ignes ,
qui de ſon côté ne ſongeoit
qu'à s'aſſeurer d'un amant ſi
digne d'eſtre aimé , & qui
craignoit qu'une jeune perſonne ne luy enlevaſt ſa con-
queſte, luy propoſa de s'habiller en fille, & d'entrer avec
elle dans le Palais , où elle le

feroit paffer pour fa niepce, luy promettant de le deguifer fi bien, qu'on ne pourroit jamais le reconnoître, & l'affeurant pour l'y engager, qu'il feroit de tous les plaifirs des Filles de la Reyne , & de tous les divertiffemens fecrets du Palais.

Dom Auguftin ravy d'une propofition qui flatoit fi fort fa paffion pour Yolande , redoubla fes feints empreffemens pour Ignes, & faifant femblant de ne pouvoir rien refufer à fon amour, il confentit à tout ce qu'elle defira. Ayant enfuite publié qu'il alloit voir un de fes amis à la campagne , il entra la nuit dans le Palais fi bien tra-

vesty, que personne ne douta que ce ne fust la niepce
de Doña Ignes, nouvellement
arrivée de Seville, comme
cette fausse duë tante le di-
soit. Dom Augustin soûtenoit
si bien son personnage par sa
beauté, & contrefaisoit de si
bonne grace l'innocence &
la naïveté d'une fille qui
commence à paroître à la
Cour, que tout le monde y
fut trompé.

Comme les belles person-
nes ont une jalousie secrette
contre toutes celles qui leur
peuvent disputer cet avantage, & qu'on void rarement
arriver à la Cour une belle
fille, sans s'attirer l'envie de
la plûpart des Dames qui se

piquent d'eſtre bien faites,
Yolande qui avoit oüy parler avec admiration de la
beauté de cette fille , alla
dans l'appartement de Doña
Ignes, pour ſçavoir ſi la re-
nommée qui augmente tout,
faiſoit juſtice à la niepce de
cette Dame , & la trouvant
plus belle qu'on ne la luy avoit
dépeinte , (peut-eſtre par l'e-
motion qui parut ſur le viſage
de Dom Auguſtin en voyant
Yolande,) elle luy témoigna
qu'elle auroit bien de la joye
de lier amitié avec une perſonne ſi aimable. Doña Ignes
ne ſouffroit qu'avec beaucoup de peine tous ces petits
engagemens, couvrant ſa jalouſie de la crainte qu'elle

avoit que son amant ne fût
découvert. Cependant pour
ne le pas trop gêner, elle ne
put luy refuser de le mener
chez Yolande, sous pretexte
de luy rendre sa visite : mais
elle ne le quitta jamais, & ne
donna pas le temps à l'amoureux D. Augustin de se découvrir à Yolande. Cette contrainte augmentant son impatience, il ne pouvoit plus
suporter la violence d'une
passion qui devenoit tous les
jours plus forte, par la presence d'Yolande.

Un jour que Doña Ignes
estoit occupée auprés de la
Reyne, il prit ce temps pour
entrer chez Yolande, &
l'ayant trouvée seule, il luy

parla en langue Siciliene, &
se fit connoître, en luy exaggerant son amour par les paroles du monde les plus ten-
dres. Yolande fut dans une si
grande surprise de voir Dom
Augustin en cet estat, qu'elle
demeura quelque temps sans
luy répondre ; mais se trouvant offensée de sa liberté,
son indignation prit le dessus
de tous ses mouvemens, &
elle alloit se plaindre à la
Reyne & l'informer de son
déguisement, de peur qu'on
ne creust qu'elle y eust part,
lors que Dom Augustin qui
avoit de l'esprit, & qui sça-
voit que la curiosité est le
foible de toutes les femmes,
luy dit pour l'arrêter , que

Doña Ignes avoit beaucoup
plus de part à ce qu'il faisoit,
que luy-même. Il ne se trompa point, Yolande eut tant
envie d'apprendre les affaires d'une femme, qu'elle avoit
toûjours regardée comme
une Prude, & qu'on donnoit
pour exemple aux Filles du
Palais, qu'elle en oublia presque sa colere.

Dom Augustin luy apprit
tout ce qu'elle desira de sça-
voir, & elle luy pardonna, à
condition qu'il ne la verroit
plus. Dans cette conversation, Yolande luy parla d'une
maniere à luy oster toute
esperance pour l'avenir, &
luy remettant bien devant les
yeux la trahison qu'il faisoit

à fon Amy, elle l'en vid fi touché, qu'elle crût ne rien hazarder, en luy ordonnant de dire au Prince de l'Efcalette, qu'elle luy feroit toûjours fidele.

Cet entretien ayant duré un peu trop long-temps, Doña Ignes eſtoit de retour, & ne trouvant point Dom Auguſtin, elle le chercha de tous côtez, & le furprit enfin chez Yolande. Le defordre où fa prefence mit ces deux jeunes perfonnes, luy faifant juger qu'elles eſtoient d'intelligence, elle eut bien de la peine à s'empêcher d'éclater fur l'heure. Elle diffimula neanmoins fa jaloufie ; elle remena fa fauffe Niéce, &

aussi-tost qu'ils furent seuls,
elle l'accabla d'injures & de
reproches. D. Augustin ennuyé de la tyrannie de cette
femme , & n'esperant plus
rien du coste d'Yolande,com-
mençoit à se lasser de son
déguisement , & témoignoit
beaucoup d'inquietude. Doña Ignes qui l'observoit avec
soin, & qui ne luy trouvoit
plus ses premiers empresse-
mens, feints ou veritables, en
fut si outrée , qu'elle en per-
dit l'esprit ; elle fit cent ex-
travagances dans le Palais , &
alla ensuite se plaindre à la
Reyne du peu d'ardeur de
son Amant. On s'apperceut
facilement que l'esprit luy
avoit tourné : & comme elle

confondoit dans tous ses difcours son Amant avec sa Niè-
ce , & D. Augustin avec son
Infidelle, la Reyne eut la curiosité d'approfondir cette affaire , & ayant fait venir cette
fausse Niéce, le mal-heureux
D. Augustin se trouva dans
une si grande confusion par
les discours extravagans de
la folle Ignes , qu'il fut aisé-
ment reconnu pour ce qu'il
estoit. La Reyne se trouvant
extrêmement offensée d'une
hardiesse pareille , le fit arrê-
ter sur l'heure, dans le dessein
de le punir severement. La
pauvre Ignes fut enfermée ,
& donna lieu au bruit qui se
répandit en ce temps-là par
toute l'Europe , qu'une fem-

me de Qualité en Efpagne
eftoit devenuë folle de jaloufie.

Yolande ayant oüy parler
de cette mal-heureufe avanture, eftoit dans de cruelles
inquietudes, par la crainte d'y
eftre mêlée : & comme cela
eftoit de la derniere confe-
quence pour elle, fur tout
dans un Païs où l'on eft fort
fufceptible d'impreffions def-
avantageufes aux femmes, elle s'informoit foigneufement
de toutes les circonftances de
cette affaire : mais elle fut
affez heureufe pour n'eftre
point nommée.

Le Prince de l'Efcalette
qui s'eftoit déja repenti plus
d'une fois d'avoir montré fa

lettre

lettre à Dom Auguftin, foup-
çonna qu'Yolande n'euft plus
de part à ce déguifement
qu'Ignes , & la jaloufie de
cette derniere le confirma
dans fon erreur. La Reyne
cependant eftoit fort irritée
contre Dom Auguftin ; neanmoins comme un crime d'a-
mour trouve toûjours des
partifans, tant de differentes
perfonnes s'employerent en
fa faveur, qu'elles obtinrent
enfin fa grace de la Reyne ;
à condition pourtant qu'il feroit remené à Meffine , dans
le même eftat qu'il avoit efté
furpris au Palais, & qu'il feroit gardé un mois dans le
Château de Saint-Sauveur,
toûjours fous l'habit de fille.

Sa Majesté voulant le punir
par la honte que ce déguisement luy feroit dans son propre Païs. Ses Amis ayant eu
permission de le voir avant
son depart, le Prince de l'Escalette se rendit aussi-tôt auprés de luy , & Dom Au-
gustin le voyant arriver, l'em-
brassa avec tous les témoi-
gnages d'une veritable amitié. Il luy avoüa sincerement
tout ce qui s'étoit passé , sans
luy cacher que sa passion pour
Yolande l'avoit engagé à feindre qu'il aimoit Ignes ; mais
qu'elle luy avoit parû si éloignée d'écouter jamais d'autre
passion que celle du Prince
de l'Escalette , que desespe-
rant de la faire changer de

fentiment, il s'eftoit conten-
té d'obtenir pour toute grace, qu'elle n'éclateroit point
contre luy, ce qu'Yolande
luy avoit accordé avec affez
de peine, à condition neanmoins qu'il ne la verroit plus,
& qu'il iroit affeurer de fa
part le Prince de l'Efcalette,
qu'elle luy feroit fidelle jufqu'à la mort ; jugez aprés cela, continua-t'il, fi vous n'ê-
tes pas le plus heureux de
tous les hommes. Le Prince
connoiffant bien que Dom
Auguftin luy parloit de bonne foy, fut fort fatisfait d'entendre toutes ces circonftances, & fut guery par ce fidele témoignage, de toutes les
défiances que le déguifement

de son ami luy avoit don-
nées.

On fit encore de nouvel-
les tentatives pour tâcher de
fléchir la Reyne, & d'obtenir la grace entiere de Dom
Augustin ; mais Sa Majesté
ne voulant point se relâcher,
il fut conduit en seureté à
Barcelonne, où il fut embar-
qué dans le premier vaisseau
qui partit pour Sicile, accom-
pagné d'un severe guide, qui
avoit ordre exprés de faire
executer les volontez de la
Reine. Le second jour de leur
embarquement, ils furent surpris d'une furieuse tempeste,
qui les jetta sur les costes de
Barbarie, où ils furent sur le
point de perir. Le grand mast

du vaisseau rompû, & la plus-
part des cordages brisez. Ils
passerent toute une nuit entre la mort & la vie. Le lendemain à peine étoit-il jour,
lors qu'ils furent reconnus
par un vaisseau Turc , qui
s'étant apperceu du mauvais
état où la tempête les avoit
reduits , les attaqua , & les
prit aprés une foible resistance. Dom Augustin étant devenu Esclave , crût que son
déguisement luy seroit avantageux , sçachant bien que
parmi les Nations les plus
barbares , on a des égards
pour le beau sexe. Il ne se
trompa point, car le Corsaire
qui les avoit pris , trouvant
cette fausse fille fort à son gré,

la traita avec plus de douceur qu'il n'eſt ordinaire à
ceux de ſon métier. Il ne fut
pas long-temps ſans luy faire
connoître ſa paſſion ; mais la
reſiſtance de Dom Auguſtin
n'ayant fait que l'augmenter,
il crût ne pouvoir ſe délivrer
de ſes importunitez , qu'en
luy declarant la verité de ſon
ſexe. Cependant cette connoiſſance ne fit pas ſur l'eſprit du Corſaire , l'effet que
Dom Auguſtin en avoit at-
tendu.

Pendant que Dom Au-
guſtin eſtoit expoſé à l'in-
juſtice de ce Barbare, le Prince de l'Eſcalette n'eſtoit pas
ſans affaire à Madrid. La
Comteſſe de Caſtelmara ga-

gnée par les bons offices que
la Marquise de Villa-Franca luy avoit rendus à la Cour,
estoit entrée dans ses inte-
rests, & par reconnoissance
elle l'avoit avertie de la
passion que le Prince de
l'Escalette avoit pour Yolande, & de la parfaite intelligence de ces deux personnes,
l'asseurant neanmoins que si
elle pouvoit par son credit
éloigner le Prince, elle esperoit qu'avec un peu de temps
on pourroit gagner la volonté d'Yolande. La Marquise
approuvant cet avis, mit tout
en usage pour obliger la
Cour à renvoyer le Prince
en Sicile. Elle y trouva des
difficultez qu'elle n'avoit
D iiij

point preveuës, & elle s'apperceut que le premier Mi-
niftre qui vouloit garder
quelque mefure avec un jeune Seigneur de cette Qualité, eftoit en difpofition de
le gratifier de quelque employ avant fon départ. La
Marquife craignant qu'on ne
differaft trop long-temps, travailla pour luy avec la même
chaleur qu'elle auroit pû faire pour les interefts de fon
Fils. Elle obtint en fa faveur
un Regiment d'Infanterie en
Sicile. Le Prince fort furpris
d'une grace qu'on luy ac-
cordoit fans l'avoir follicitée,
eut un chagrin fecret de cette marque d'eftime dont il
crut que la Cour l'honnoroit;

quoyque cet employ flataſt
agreablement ſon ambition,
il ne pouvoit ſe reſoudre à
accepter une grace qui l'é-
loignoit de la perſonne du
monde qu'il aimoit avec le
plus de paſſion. Mais la bien-
ſeance & ſon courage ne luy
permettant pas de refuſer
une occaſion qui luy donneroit moyen de ſe diſtinguer
des jeunes gens de ſon âge,
il ſe determina de partir, pour
ne pas ſe rendre indigne des
bontez de la Cour. Ne pouvant neanmoins ſe reſoudre
à ce départ ſans prendre con-
gé d'Yolande, il tenta inutilement pluſieurs moyens
pour en obtenir la permiſſion.
La Marquiſe de Villa-Franca

D v

qui eftoit appliquée à l'empêcher, rendit la chofe impoffible, & l'amoureux Prince defefperant d'en venir à
bout, s'adreffa à la Comteffe
de Caftelmara, & la pria inftamment de rendre encore
une lettre de fa part à Yolande. Cette perfide apres
avoir fait bien des façons
pour s'en deffendre, feignant
enfin d'eftre touchée de l'excez de fa paffion, luy promit
de s'en charger, & le Prince
ravy de l'avoir gagnée, dans
l'efperance qu'elle s'en ac-
quiteroit avec la même fidelité qu'elle avoit fait de la
premiere, luy donna la veille
de fon départ la lettre qui
fuit.

JE parts au defefpoir ; on me force d'accepter un employ que je ne puis refufer fans me des-honorer , ou fans découvrir le charme qui m'arrefte à la Cour. Quoy que je ne vous y viffe point , je trouvois un fenfible plaifir d'eftre dans le mefme endroit & d'attendre avec peu d'efpoir les occafions de vous par-ler un moment. Je feray tout ce que je pourray pour vous vanger, & pour me vanger moy-mefme ; je ne pardonneray jamais aux Efpagnols ny la mort de vôtre pere, ny l'honneur qu'ils me font de me donner un employ qui m'é-loigne de vous. Je ne fuis digne que de vous aimer, & je rappor-te tout à mon amour. Ie me livre

D vj

à ma paſſion avec un abandonne-
ment ſi extrême, que je ne puis
craindre que vous m'oublierez.
Ie penſeray à vous tous les mo-
mens de ma vie, & je n'en au-
ray jamais d'heureux que lorſque je vous reverray.

Auſſi-toſt que le Prince
fut party, la Comteſſe au
lieu de porter ſa lettre à Yolande, comme elle s'y eſtoit
engagée, la ſacrifia à la Marquiſe de Villa-Franca, qui
jugeant par les termes paſ-
ſionnez dans leſquels elle
eſtoit conceuë, que le Prince n'eſtoit pas mal dans l'eſprit d'Yolande, appliqua tous
ſes ſoins à rompre ce commerce. Elle fut même ſur le

point de montrer cette lettre
à la Reyne pour irriter Sa
Majefté contre le Prince:
mais elle en fut détournée
par la crainte qu'elle eut de
donner quelque impreffion
defavantageufe de la conduite d'Yolande, qu'elle regardoit déja comme fa belle fille. Elle eftoit fi fatisfaite des
foins de la Comteffe de Caftelmara, qu'elle luy procura
diverfes occafions de voir
Yolande, & de lier une amitié particuliere avec elle, ce
qui luy fut aifé, fous pretexte de l'entretenir des affaires
de Sicile. Un jour qu'elles fe
trouverent feules, la Comteffe fit adroitement tomber
le difcours fur le depart du

Prince ; elle parla de fon merite avec toute l'eftime & la
confideration qu'auroit pû
faire la meilleure de fes amies.
Yolande trompée par cet artifice , & ravie de voir la
Comteffe dans des fentimens
fi conformes aux fiens, l'en
aima davantage, & la receut
toûjours bien depuis ce tems-
là. La Comteffe fit part à
la Marquife de cét heureux
commencement, & de la ma-
niere qu'elle avoit parlé à
Yolande en faveur du Prince, pour gagner fa confiance,
& eftre enfuite plus en état
de nuire à fon Amant. La
Marquife approuva fon adreffe ; elles eurent diverfes conferences pour concerter les

moyens de bien conduire leur projet. L'experience qu'elles avoient l'une & l'autre fur de pareilles affaires, leur fit juger que la jaloufie eftoit un expedient infaillible pour alterer l'intelligence de ces deux Amans, & que fi elles pouvoient en donner à Yolande, cela contribueroit beaucoup à avancer leur deffein. Pour y réüffir plus aifément, la Marquife jetta les yeux fur une Fille du Palaïs qui avoit efté élevée auprés d'elle, & luy ayant perfuadé que la Comteffe de Caftelmara & elle vouloient fe donner un jeu avec Yolande, pour s'en divertir enfuite, lors qu'elles auroient découvert

ſes veritables ſentimens pour
le Prince de l'Eſcalette , &
qu'il leur importoit pour en
venir à bout, de luy ſuppo-
ſer une Rivale. Cette Fille
qui eſtoit ravie de trouver
occaſion de ſe réjoüir , promit à la Marquiſe de faire le
perſonnage qu'elle ſouhaite-
roit. Aprés cet engagement
elles s'aviſerent de changer
l'envelope de la lettre que le
Prince avoit laiſſée pour Yolande , d'en contrefaire le
deſſus le plus adroitement
qu'elles pourroient , & de l'a-
dreſſer à Doña Thereſe Go-
mes (qui eſt le nom de la
pretenduë Rivale.) Ces deux
femmes ayant ſi bien diſpoſé
toutes choſes , la Comteſſe

qui s'eftoit déja acquis beaucoup de creance fur l'efprit
d'Yolande, feignant toûjours
de ne s'eftre jamais apper-
ceuë de la bonne volonté
qu'elle avoit pour le Prince,
luy dit un jour par une efpece de confidence, qu'elle fe
trompoit fort fi le Prince de
l'Efcalette n'avoit une affaire
avec une Fille du Palais ; que
même depuis fon depart elle
avoit remarqué certaine curiofité mêlée de beaucoup
d'inquietude dans l'efprit d'u-
ne de fes Compagnes, qui la
confirmoit dans fa penfée.
Cet artifice eut l'effet qu'elle
en avoit efperé ; car Yolande donnant dans ce piége,
témoigna beaucoup d'em-

preffement de fçavoir le nom
de fa Rivale, & d'eftre informée des circonftances de cette intrigue. L'adroite Comteffe ménageant toutes chofes, luy dit qu'elle faifoit
peut-eftre un jugement temeraire, & qu'elle vouloit
s'éclaircir de la verité avant
que de luy en rien apprendre. Cette retenuë augmentant l'impatiente curiofité
d'Yolande, elle la pria de
ne laiffer pas de luy dire ce
qu'elle en fçavoit : mais la
Comteffe perfiftant à ne le
point faire, de peur, difoit-
elle, de bleffer fa confcien-
ce, en avançant une chofe
dont elle n'eftoit pas bien
affeurée. Yolande fans fe re-

buter, la conjura de luy apprendre du moins le nom de la perſonne. Alors la Comteſſe feignant de ne pouvoir plus reſiſter à ſes preſſantes importunitez, luy avoüa enfin, que c'eſtoit Doña Thereſe, la ſuppliant de vouloir bien ſe contenter de cela, dans l'aſſeurance qu'elle luy donnoit de s'appliquer avec ſoin à découvrir ſi elle ne s'étoit point trompée. Elle ſe retira enſuite, & Yolande ſe trouvant ſeule, fut déchirée de cent ſoupçons differens. Aprés pluſieurs combats, où ſon amour eut bien de la peine à la raſſurer contre ſa jalouſie, elle reſolut de ſuſpendre ſon reſſentiment, &

d'attendre que la Comteſſe
en qui elle avoit une entiere confiance, euſt approfon-
di cette affaire. Deux jours
aprés la Comteſſe ayant ren-
contré Yolande, luy dit qu'elle avoit dequoy contenter ſa
curioſité, ayant appris des
choſes qu'elle n'oſeroit luy
redire, ſi elle ne l'aſſeuroit du
ſecret. Yolande s'y eſtant engagée, la Comteſſe adjoûta
que depuis qu'elle ne l'avoit
veuë, elle s'eſtoit inſinuée
davantage dans la confidence de Doña Thereſe, qui luy
avoit avoüé la parfaite intelligence qui eſtoit entr'elle &
le Prince de l'Eſcalette; que
même elle luy avoit montré
une lettre qu'elle en avoit

receuë ; Je vous avouë, continua la Comtesse, qu'une
pareille confidence m'a un
peu surprise ; voyant neanmoins qu'elle n'en rougissoit
pas, j'ay crû pouvoir me dis-
penser d'en avoir honte pour
elle. Voilà, ma Belle, ce
que j'ay appris des affaires du
Prince de l'Escalette. Yolande eut bien de la peine à cacher sa jalousie, & à s'empêcher d'éclater contre le Prince, qu'elle croyoit infidelle.
Il entra par bon-heur d'autres personnes dans le lieu où
elles parloient, qui donnerent
occasion à Yolande de se retirer, pour cacher le desordre où ce qu'elle venoit d'apprendre l'avoit mise. La Com-

tesse remarquant le grand
effet que cette fausse confidence avoit produit sur l'esprit de cette trop credule fille , alla se réjoüir avec la
Marquise de l'heureux succez de leur artifice, luy con-
seillant pour achever ce qu'elles avoient si heureusement
commencé, de voir de nou-
veau Doña Therese , & de
luy mettre entre les mains la
lettre du Prince de l'Escalette, afin de l'obliger d'en faire
voir avec adresse l'écriture à
Yolande , sans pourtant luy
laisser lire ce qu'elle conte-
noit, pour ne pas luy donner
lieu de soupçonner leur trom-
perie. La Marquise sçachant
de quelle consequence il luy

étoit pour le fuccez de fon deffein, de fuivre les confeils de la Comteffe, en parla à Doña Therefe, qui luy promit de faire tout ce qu'elle luy prefcriroit, ne fe défiant pas que la Marquife qui étoit fa bonne amie, & qui la flatoit quelquefois de l'efperance qu'elle pourroit eftre fa belle fille, vouluft rien exiger d'elle qui pûft luy faire tort.

Il feroit difficile de pouvoir exprimer l'état doulou-reux où Yolande fut reduite, lors qu'elle ne douta plus de l'infidelité de fon amant. Le dépit, la colere & la vengeance la déchiroient également; l'amour qui en pareil

les occafions parle toûjours
en faveur des abfens, tâchoit
vainement à luy reprefenter
le Prince moins coupable,
ne pouvant fe refoudre à le
chaffer de fon cœur, quoy
que perfuadée de fon crime,
elle cherchoit du moins
quelque pretexte qui aidaft
à la tromper. Aprés mille
penfées differentes, elle fe
determina enfin par un dernier effort de fa paffion à
s'en éclaircir par fes propres yeux, & à voir fouvent
Doña Therefe, fe flattant
qu'elle luy montreroit cette
lettre criminelle, puis qu'elle
n'avoit pas fait difficulté de
la lire à la Comteffe. Auffi-
toft qu'elle eut pris cette refolution,

folution, elle ne fongea plus
qu'à l'executer. Doña Therefe de fon côté qui vouloit
plaire à la Marquife ; en s'ac-
quitant avec efprit des engagemens où elle s'eftoit mife, cherchoit les occafions de
fe trouver feule avec Yolande. Ayant toutes deux la
même penfée, il ne leur fut
pas difficile de fe joindre ;
elles parlerent affez long-
temps de chofes indifferentes, chacune tâchant à couvrir fon deffein. Doña Therefe qui avoit l'efprit plus
libre , luy demanda fi elle
n'avoit point veu un tres-
beau Sonnet que toute la
Cour avoit fort eftimé ; Yolande dont le cœur & l'efprit

eftoient extrémement occupez luy répondit fechement
qu'elle n'aimoit pas la Poë-
fie : Mais une reflexion la fit
appercevoir qu'il ne faloit
pas paroiftre fi diftraite. Elle
demanda à le voir, & Doña
Therefe faifant femblant de
le tirer de fa poche, pour luy
donner à lire, luy prefenta la
lettre du Prince de l'Efcalette. Yolande en ayant d'a-
bord reconnu le caractere,
en fut fi faifie, que Doña Therefe feignant de s'appercevoir
de fon erreur, par l'étonnement de fa Compagne, luy
arracha la lettre avec preci-
pitation, & luy donna le
Sonnet à la place, affectant
une confufion eftudiée d'a-

voir pris l'un pour l'autre. Il n'en falut pas davantage pour perdre entierement la malheureufe Yolande ; elle eut bien de là peine à ne pas donner des marques exceffives de fon defefpoir, aprés avoir veu une preuve fi convainquante de l'infidelité de fon Amant : & quoy que par avance elle euft crû s'eftre preparée à tous les evenemens de ce dangereux éclairciffement, elle ne pût pourtant s'empêcher de dire à fa Rivale, que connoiffant l'humeur inconftante des Cavaliers de fa Nation, elle vouloit bien l'advertir de ne pas faire un grand fonds fur la fidelité du Prince de l'Efcalette , qui affeurément l'oublieroit pour la premiere venüe. Doña Therefe voulant pouffer fon artifice , luy repliqua qu'elle n'en avoit point d'inquietude , & qu'elle étoit bien affeurée de la fincerité de fes fentimens. Yolande ne pouvant foûtenir plus long-temps une converfation fi douloureufe , & s'appercevant que fes larmes la trahiroient , fi elle differoit à fe retirer, pria Doña Therefe de luy laiffer ce Sonnet pour le copier, & fur ce pretexte elle s'enferma dans fa chambre, où elle s'abandonna entierement à fa douleur. Elle ne voyoit point de condition plus malheureufe que la fienne, quand elle fe reprefentoit l'averfion qu'elle avoit pour les Efpagnols, les raifons qu'elle croyoit avoir de s'en vanger, & la parole que le Prince de l'Efcalette luy avoit donnée d'entrer dans fon reffentiment : mais ces mouvemens qui avoient autrefois tenu la premiere place dans fon cœur, eftoient incomparablement au deffous du defefpoir que luy caufoit l'inconftance de fon Amant. Il n'eft pas poffible de bien exprimer l'état pitoyable où la reduifoient ces confiderations, privée de fes parens, exilée pour ainfi dire parmy fes ennemis, fans refource, fans efperance : tout ce doit

à l'horreur de n'eſtre pas aimée, & de ſe voir trompée
par un homme qu'elle avoit
crû ſi digne de ſes affe-
ctions.

Cependant la Marquiſe
qui avoit eſté informée par
Doña Thereſe, prit de nouvelles meſures avec la Comteſſe : & comme elle ſçavoit
que lors qu'une Dame eſt
bien perſuadée qu'on luy a
manqué, ce temps eſt le plus
propre pour parler en faveur
d'un autre, elles reſolurent
de ſe ſervir de cette occaſion,
pour propoſer le mariage du
Duc de Fernandina. La Comteſſe ſe chargea de tout, &
ayant viſité Yolande qu'elle trouva fort triſte, elle luy

fit un grand raisonnement sur l'état des affaires de Sicile, & sur les malheurs particuliers de la Maison Cigala, & conclud par la necessité où elle estoit pour la soûtenir, d'épouser un homme de merite qui fust bien à la Cour, & qui pust par son credit la rétablir dans sa premiere splendeur. Yolande estoit si accablée de chagrin, qu'elle écouta ce discours avec autant d'indifference, que si elle n'y avoit point eu de part. La Comtesse croyant par son silence qu'elle entroit dans ses raisons, continua en exaggerant la naissance, le merite personnel, & l'authorité du Duc de Fernandina, (qui peut-estre au premier jour feroit nommé Viceroy de Sicile :) adjouſtant qu'elle ne voyoit point d'homme qui luy convinſt mieux, ny qui fuſt plus en eſtat de rélever la grandeur de ſa maiſon. Yolande qui craignoit qu'elle ne finiſt pas ſi-toſt, l'interrompit, luy diſant qu'il eſtoit inutile de luy parler de tous ces grands avantages, puis qu'elle avoit intention de paſſer ſa vie dans un Convent. La Comteſſe attribuant cette réponſe au premier mouvement du chagrin où elle ſçavoit qu'Yolande devoit eſtre pour l'infidelité pretenduë de ſon Amant, ne la preſſa pas davantage, &

Yolande ayãt témoigné qu'elle estoit obligée de se trouver
chez la Reyne, cette con-
versation finit, sans que la
Comtesse sçeust elle-mesme
ce qu'il y avoit à esperer ou
à craindre.

Pendant que cela se passoit
à Madrid, le Prince de l'Escalette estoit à Messine, où il
songeoit continuellement aux
moyens de revoir sa Maî-
tresse. La Noblesse de la Ville
avoit souvent des Conferences en ce temps-là avec les
Senateurs, pour travailler en-
semble à conserver l'authorité du Senat, que le Gouverneur diminuoit tous les jours.
Aprés plusieurs deliberations,
ils ne trouverent point de

E v

moyen plus legitime pour en
prévenir les suites, que celuy
d'avoir recours à leur Souve-
rain, & ils resolurent d'envoyer quelqu'un en Espagne,
pour porter leurs plaintes au
Roy des entreprises du Gouverneur, afin de penetrer
une fois pour toutes, si l'a-
charnement que les Gouverneurs avoient à les abaisser
venoit d'une haine particuliere qu'ils eussent contre-
eux, ou d'un ordre de la
Cour. Le Prince de l'Escalette voyant cette disposition,
employa tous ses amis pour
obtenir cet Employ, dans l'esperance qu'estant revétu du
caractere d'Ambassadeur, (qui
est un privilege dont la ville

de Meffine a toûjours joüy)
on ne pourroit pas luy refufer de luy laiffer voir fa Maîtreffe ; mais les mauvais traitemens que la Maifon Cigala
avoit receu des Efpagnols,
& la haine qu'ils en confer-
voient dans le cœur, firent
preferer Dom Philippe Cigala oncle d'Yolande, au Prince de l'Efcalette, dans un Employ où il s'agiffoit de ména-
ger leur liberté, & de s'oppofer à la tyrannie des Efpagnols. Le Prince en eftant
adverty, fe confola du refus
qu'on luy avoit fait, dans l'efperance que Dom Philippe,
qui eftoit dans fes interefts
& fon amy particulier, pourroit bien-toft ramener fa Niè-

ce. Il fut le premier à feliciter ce nouvel Ambaſſadeur,
& à le preſſer de partir inceſſamment. Dom Philippe
s'embarqua peu de temps
aprés, & promit au Prince de
ne luy eſtre pas inutile auprés d'Yolande : mais la Comteſſe de Caſtelmara ayant eu
advis du départ de ce Meſſinois, fit connoître à la Marquiſe de Villa - Franca qu'il
luy eſtoit de la derniere con-
ſequence de prevenir les Miniſtres ſur ce voyage , & de
traverſer la negociation. de
Dom Philippe , parce qu'elle
avoit eſté advertie que cet
Ambaſſadeur étoit parti dans
le deſſein de ramener ſa Niéce , ce qui ruineroit entiere-

ment le projet du mariage du Duc de Fernandina. La Marquiſe n'eut pas de peine à perſuader les Miniſtres, le Conſeil d'Eſpagne ayant depuis long-temps pris la reſolution de détruire le Senat de Meſſine, à cauſe de la reſiſtance que cette Compagnie faiſoit aux injuſtices des Gouverneurs Eſpagnols, qui n'ayant d'autre but que celuy de profiter des trois ans de leur Gouvernement, entreprenoient indifferemment toutes choſes, pour ſatisfaire par toute ſorte de voye à leur inſatiable avarice. Dom Philippe eſtant arrivé à Madrid, on prit pretexte de ne le point recevoir, en luy refuſant la

qualité d'Ambaſſadeur, quoy
qu'on n'euſt jamais fait de
difficulté de donner ce titre
aux Deputez de la Ville de
Meſſine : & bien loin d'écouter les remontrances & les
ſoûmiſſions des Meſſinois, on
mit en deliberation ſi on feroit arreſter leur Ambaſſadeur. Dom Philippe en ayant
eſté ſecretement averty , ne
leur en donna pas le temps,
& ſe retira en diligence, ſans
qu'il euſt même pû voir ſa
Niéce, n'oſant pas s'expoſer
d'aller au Palais,de peur d'être
arrêté. Les Meſſinois voyant
revenir Dom Philippe avec ſi
peu de ſatisfaction , furent ſi
indignez du mépris que l'on
faiſoit de leurs ſoûmiſſions,

qu'ils ne douterent plus de la mauvaife volonté des Efpagnols, qu'ils regardoient comme des perfecuteurs, & depuis ce temps-là les troubles de Meffine ont toûjours augmenté.

Quelque part que le Prince de l'Efcalette prift aux affaires publiques, en apprenant le mauvais fuccez du voyage de fon Amy, l'intereft de fon amour contribua beaucoup à luy faire detefter l'injufte procedé des Efpagnols. Il s'en plaignoit à tout le monde, & il en parloit d'une maniere à faire connoître qu'il y prenoit un autre intereft que le public. La crainte de voir un Efpagnol poffeffeur de fa maî-

treſſe, luy donnoit des allarmes continuelles, & ne ſon-
geant qu'à empêcher ce malheur, il eut diverſes conferences avec les parens de la
Maiſon Cigala, qui donnerent
avec plaiſir leur conſentement à ſon mariage avec Yolande. Il ne s'agiſſoit plus que
de la faire revenir d'Eſpagne,
& c'eſtoit ce qui chagrinoit
davantage le Prince, par les
difficultez qu'il prévoyoit à
ce retour. Il n'auroit pas ba-
lancé de retourner à Madrid,
& de la demander à la Reyne, appuyé du conſentement
de ſes parens, qu'on luy auroit aiſément donné par écrit:
mais la connoiſſance qu'il
avoit de la politique Eſpa-

gnole , luy faifoit craindre avec raifon , qu'on ne luy fift un crime d'Eftat de fon amour , & qu'on n'en prift peut-eftre occafion de l'arrê-ter , pour avoir abandonné fans ordre l'Employ que la Cour luy avoit confié l'an-née precedente. Tous ces rai-fonnemens augmentoient fes inquietudes,& fa paffion étoit trop forte pour luy permettre d'être tranquille , étant éloi-gné de ce qu'il aimoit, avec fi peu d'apparence de s'en approcher bien-toft.

Dom Thomas Caffaro qui avoit époufé une fille de la maifon Cigala , dont il avoit plufieurs enfans, & qui par la qualité, fon âge & fon cre-

dit estoit celuy qui donnoit
plus de poids à toutes les deliberations qu'on prenoit dans
cette Famille, pour faire réüssir les pretentions du Prince
de l'Escalette, fut d'avis d'in-
terposer l'authorité du Prince
de Ligne Viceroy de Sicile en
ce temps-là, & fort aimé des
Messinois, par la connoissance qu'ils avoient de son equi-
té & de son humeur ennemie
des violences. Les sentimens
de Dom Thomas Caffaro
ayant esté approuvez, il fut
chargé luy - même d'aller à
Palerme, prier le Viceroy d'é-
crire en Espagne, pour demander le retour d'Yolande
Le Prince de Ligne le receut
fort obligeamment, & en écri-

vit à la Reyne dans des termes fort preſſans, ſuppliant Sa Majeſté de renvoyer Yolande à ſes Parens, qui la deſiroient paſſionnément, qui la regardoient comme la reſource & la conſolation de toute leur Famille, & conclud, que ſi Sa Majeſté le trouvoit bon, Yolande pourroit repaſſer en Italie avec la nouvelle Ducheſſe d'Oſſune, qui alloit trouver ſon Mary dans ſon Gouvernement de Milan. L'eſperance que le Prince de l'Eſcalette eut d'obtenir quelque choſe à la priere du Viceroy, donna quelque eſpece de ſoulagement à ſes chagrins.

La Reyne ayant receu la lettre du Prince de Ligne, eut

d'abord envie de luy accorder
fa demande ; elle en parla
même à Yolande, luy témoignant qu'elle avoit peine à
confentir à fon départ, par
l'affection qu'elle avoit pour
fa perfonne. Mais la Marquife de Villa-Franca en ayant
eu connoiffance, fit joüer
tant de machines pour l'empêcher, que l'affaire fut mife
en deliberation. Elle infpira
aux Miniftres, qu'Yolande
eftant un des plus riches Partis & d'une des premieres
Maifon de Sicile, il importoit
extrêmement pour les interefts du Roy, de la faire
époufer à un Efpagnol, qui
pourroit avec des biens fi
confiderables, rédre de grands

services à l'Eftat, & diffiper
par fa prefence & par fes
foins, toutes les cabales qui
commençoient déja à fe for-
mer à Meffine contre le fervice du Roy d'Efpagne. Les
raifons de la Marquife étoient
fi vray-femblables, qu'elle
perfuada aifément ce qu'elle
fouhaitoit, & il fut refolu au
Confeil, que la Reyne ré-
pondroit au Viceroy de Sicile, & luy témoigneroit qu'elle auroit agrée le retour d'Yolande auprés de fes Parens,
puis qu'ils le fouhaitoient
avec tant d'empreffement;
mais qu'eftant tres-fatisfaite
de fes fervices, elle avoit crû
qu'il eftoit de fa reconnoiffance, de la retenir encore

quelque temps , ne pouvant
se resoudre à souffrir qu'elle
partist de la Cour , sans luy
donner des marques de son
estime , & qu'elle esperoit de
luy procurer bien - tost un
Epoux qui seroit digne d'elle,
& duquel ses parens auroient
sujet d'estre satisfaits.

   Le Prince de Ligne ayant
receu cette réponse, l'envoya
à Dom Thomas Caffaro , qui
en fit part aux autres parens.
Ils jugerent bien qu'elle avoit
esté concertée dans le Conseil , & qu'on songeoit moins
à donner un établissement
agreable à Yolande qu'à empêcher que ses biens ne tom-
bassent dans une famille suspecte. On voulut cacher cet-

te mauvaife nouvelle au
Prince d'Efcalette. Son amour,
qui luy faifoit tout craindre,
luy avoit donné de fecrets
preffentimens de cette réponfe. Il faillit à mourir de
douleur, lors que les parens
d'Yolande la luy eurent ap-
prife. Ils refolurent pour le
confoler, que Dom Philippe
Cigala écriroit une lettre à fa
niepce au nom de toute la
Maifon, par laquelle il luy
marqueroit le defir extrême
que toute fa famille avoit de
la voir mariée au Prince de
l'Efcalette & qu'ils efperoient
de la bonté de fon naturel,
qu'elle défereroit au choix
de fes parens; que même elle
reprefenteroit à la Reyne cet

engagement, s'il arrivoit que
fa Majefté luy propofaft quelqu'autre party. Quoyque
toutes ces démarches fuffent
affez foibles, le Prince qui
dans l'eftat prefent ne pouvoit rien faire de mieux, &
qui comptoit toûjours fur
l'inclination que fa Maiftreffe
avoit pour luy, fe flatoit que
cette lettre produiroit un bon
effet, & que du moins Yo-
lande pourroit s'en aider pour
fe deffendre fur ce pretexte,
de s'engager à perfonne fans
le confentement de fes parens de peur de s'attirer la
colere du Ciel, dont les Efpagnols ne manquent jamais
de menacer leur enfans defo-
beyffans, & qu'ils donnent
toûjours

toûjours pour pretexte de leurs desseins.

Il arriva en ce temps-là de grandes broüilleries entre les Espagnols & les Messinois, la Noblesse s'estant fortement opposée à quelque nouveauté que le Gouverneur de la Ville voulut introduire sans la participation du Senat ; mais ce desordre fut bien-tost appaisé par les soins & par la vigilance du Prince de Ligne, qui détournoit toûjours l'orage, & peut-estre que s'il en avoit esté crû, les affaires de Messine n'auroient pas tourné si mal pour les Espagnols, ayant plusieurs fois averty la Cour de l'humeur des Siciliens, qui

I. Partie. F

font les peuples du monde
les plus jaloux de la confer-
vation de leurs privileges.
Mais fes avis ne furent poin
écoutez, & le Conseil d'Efpagne, qui depuis long-temp
avoit projetté la ruïne d
Senat de Meffine, (comme
j'ay déja dit) prenant de nouveaux ombrages de l'uniõ de
Senateurs avec la Noblesse
fongea à executer ce deffein
& ne voulant point employe
la force pour ne pas allarme
les autres Villes du Royaume, ils crurent qu'ils en vien-
droient plus facilement à
bout par l'artifice. Ils avoien
befoin pour cela d'un homme d'efprit qui fceût bie
diffimuler fes veritables fen-

timens : & comme cette Nation ne manque pas de gens
de ce caractere, ceux qui
estoient du secret, propose-
rent plusieurs personnes qu'ils
jugeoient tres-propres pour
faire réüssir ce dessein. Dom
Loüis de Loya dont le genie
estoit connu, & qui en de pareilles occasions avoit donné
des marques de son habileté,
fut preferé à tous les autres,
& fut envoyé à Messine en
qualité de Stratico (c'est ainsi
qu'ils nomment le Gouver-
neur.) Cette charge qui aprés
celle de Viceroy est la plus
considerable du Royaume
de Sicile, ayant esté confiée
à Dom Loüis de Loya avec
des Memoires secrets des in-

tentions de la Cour, il partit
affeuré de la protection des
Miniftres, & remply des
grandes efperances qu'on luy
avoit données, s'il venoit à
bout de détruire le Senat de
Meffine par fon addreffe. On
luy donna tous les pouvoirs
neceffaires pour agir, & l'on
n'épargna pas même une
groffe fomme d'argent pour
luy faciliter toutes chofes,
Le Viceroy de Sicile eut ordre de ne s'ingerer point du
détail des affaires de Meffine,
& de laiffer faire Dom Loüis
comme il le jugeroit à propos. Ce nouveau Gouverneur
eftant arrivé à Meffine, s'appliqua d'abord à bien reconnoître l'humeur & les incli-

nations de ceux à qui il avoit à faire, ne s'en fiant qu'à ses propres connoissances; Ayant remarqué que le peuple de ce Pays-là se laisse facilement tromper par des apparences de pieté, il crût qu'il pourroit facilement s'insinuer dans leur esprit, en feignant une grande probité soûtenuë d'une devotion exemplaire. Il n'y a sorte d'hypocrisie dont il ne s'avisast pour en venir à bout; il visitoit souvent les Eglises, il frequentoit les Sacremens; enfin il exerçoit une pieté toute semblable à celle que pratiquent les gens qui sont dans une veritable devotion. Et pour oster tout pretexte aux médisans, & à

ceux qui le connoiſſoient à
fonds, de blâmer une ſi ſain-
te conduite, il appuyoit ſon
hypocriſie de pluſieurs au-
mônes conſiderables, qu'il
ſçavoit diſtribuër avec plus
d'adreſſe que de pieté, em-
ployant à cet uſage charita-
ble l'argent qu'on luy avoit
donné à ſon départ. Ses artifices eurent d'abord l'effet
qu'il en avoit eſperé, car le
peuple qui n'approfondit jamais rien, & qui juge de toutes choſes par les apparences, regarda Dom Loüis
comme le deffenſeur de la
juſtice, l'ennemy des violences, & le pere des pauvres.
Et comme le nombre des mi-
ſerables eſt toûjours le plus

grand dans une Ville fort
peuplée, & que ceux - cy
hayffent naturellement les
riches, par la jaloufie qu'ils
ont de leurs biens, ayant toûjours un fonds d'averfion
pour ceux que la naiffance
ou le merite ont élevez, on
ne parloit parmy la populace que de la pieté, & des
faintes liberalitez du Gouverneur. Il fceut fe conduire
dans fa diffimulation avec
tant d'artifice, qu'en peu de
temps le public fut auffi perfuadé de la fincerité de fes
intentions, qu'il l'eftoit déja
de fa vertu; mais les plus fages
fe défioient avec raifon d'un
Efpagnol fi homme de bien,
fçachant que le Confeil d'Ef-

pagne n'a pas accouſtumé
d'envoyer des perſonnes en
Italie pour y occuper les premiers emplois, dont les Miniſtres ne ſoient fort aſſeurez,
& qu'ils ne connoiſſoient
pour des gens qui ne ſont
point ſcrupuleux. Les ſuites
ont juſtifié que ceux qui
avoient ces défiances ju-
geoient bien & raiſonnoient
juſte. Car auſſi-toſt que D.
Loüis ſe trouva étably dans
l'eſprit des petites gens de la
maniere dont il l'avoit deſiré,
il ſe ſervit du crédit que ſes
artifices luy avoient acquis
pour leur inſpirer de l'averſion contre le Senat, & contre la Nobleſſe. Il leur re-
preſenta en toutes les occa-

fions la rigueur des Senateurs
& l'autorité tyrannique que
les Nobles exerçoient fur le
peuple, publiant en même
temps qu'il étoit touché de
leurs malheurs, qu'il en connoiffoit bien l'injuftice, &
qu'il fouhaiteroit d'y reme-
dier; mais qu'il y prevoyoit
de grandes difficultez, pendant que le Senat feroit fi
puiffant, & le peuple fi foû-
mis. Il avoit des Emiffaires
qui infinuoient adroitement à
la populace, qu'il feroit bien
plus avantageux à la Ville
qu'on le demandaft pour
Gouverneur d'un pouvoir
abfolu fans aucune dépendan-
ce, ny participation du Senat,
faifant connoiftre que le feul

defir de foulager les pauvres
luy faifoit fouhaiter cet employ, dont il folicitoit à leur
confideration les Provifions à
Madrid, qu'il efperoit d'obtenir, pourveu que le peuple
vouluft le demander, & fe
joindre à luy. Tantoft il pra-
tiquoit les principaux des ar-
tifans & les recevoit à fa ta-
ble, & tantoft il acheroit des
eftoffes de quelque Mar-
chand qui eftoit en reputation d'eftre mal dans fes affaires, & les payoit au dou-
ble, le prevenant ainfi dans
fa pauvreté, & luy épargnant
la honte de faire connoiftre
fa mifere, de peur que fi elle
venoit à la connoiffance de
quelques perfonnes moins

charitables , cela ne fit tort à
fon negoce. Il n'eſt pas croya-
ble combien il engageoit de
gens dans fon party par fes
manieres artificieuſes. Les
Senateurs eſtans bien infor-
mez des deſſeins de D. Loüis,
& craignans les ſuites de cette
dangereuſe politique , pre-
noient toutes les précautions
imaginables pour empêcher
une ſedition populaire , &
n'oublioient rien pour détruire les diſcours empoiſonnés
que le Gouverneur répandoit
contr'eux. Ils faiſoient voir à
ceux qui n'étoient pas préve-
nus , que Dom Loüis ne tra-
vailloit à defunir la Nobleſſe
& le peuple, que pour les ac-
cabler enſuite les uns & les

autres avec plus de facilité.

Pendant que les affaires
de Meſſine eſtoient dans cette mauvaiſe diſpoſition, Yolande n'eſtoit pas plus tranquille au milieu de la Cour,
que ſes Parens parmy les tu-
multes & les ſeditions. Elle
avoit receu la lettre de Dom
Philippe Cigala ſon oncle, qui
l'avoit un peu conſolée autant que ſon amour allarmé
eſtoit capable de conſolation,
dans l'état malheureux où les
intrigues de la Marquiſe de
Villa-Franca, & de la Comteſſe de Caſtelmare l'avoient
reduite. Repaſſant dans ſon
eſprit toutes les circonſtances de cette lettre, elle jugeoit que ſes Parens ſouhai-

toient son mariage avec le
Prince de l'Escalette par des
raisons d'interest ou de bien-
seance, peut-estre à l'insceu
du Prince, ou du moins sans
que l'amour y eust aucune
part. Ces reflexions augmentoient son chagrin, & le souvenir de l'infidelité de son
Amant la mettoit au desespoir. La Comtesse luy estoit
devenuë suspecte, par l'interest qu'elle luy avoit témoigné de prendre à son mariage avec le Duc de Fernandina. Elle estoit environnée de
gens qu'elle haïssoit, & elle
n'avoit pas une personne de
confiance à qui elle pust découvrir les veritables sentimens de son cœur. Ce qui

contribuoit beaucoup à luy
rendre ses malheurs plus sen-
sibles, rien au monde n'étant
si propre à soulager nos maux,
& principalement les cha-
grins amoureux, que l'aban-
don qu'on en fait à un con-
fident. Les larmes qu'elle répandoit, & l'affliction qui paroissoit presque toûjours sur
son visage, n'estoient pas ca-
pables d'apporter un grand
changement à sa beauté, qui
estoit si parfaite que toute la
Cour en parloit avec admiration. Ceux qui ne la con-
noissoient point, avoient le
dernier empressement de la
voir, & on la nommoit com-
munément la belle Sicilien-
ne. Plusieurs jeunes gens de

la Cour foûpiroient pour elle;
mais aucun d'eux ne luy avoit
jamais declaré fa paſſion , par
la difficulté qu'on avoit à
l'approcher , & par le peu
d'occaſion qu'elle donnoit à
de pareilles libertez. Enfin
une belle perſonne n'a jamais
paſſé plus defagreablement
les premieres années de fa
jeuneſſe, & ces tems heureux
dont jouïſſent deux Amans
qui ne font point troublez
dans leur paſſion , n'avoient
duré pour elle qu'autant qu'il
faloit , pour luy faire fentir
plus vivement l'état malheureux où elle fe trouvoit.

Fin de la Premiere Partie.

YOLANDE
DE
SICILE.

SECONDE PARTIE.

A LYON,

Chez THOMAS AMAULRY,
ruë Merciere, à la Victoire.

———————————

M. DC. LXXVIII.

AVEC PRIVILEGE DV ROY.

A
MADAME
LA MARQUISE
DE
THIANGE.

 *ADAME,*

Voicy une Estrangere qui vous demande vostre Pro-tection. Son Sexe, & ses malheurs suffiroient pour vous

EPISTRE.

obliger à la luy accorder. Cependant je suis perſuadé MADAME, que ſa Vertu, ſon Eſprit, & ſa Beauté vous y engageront plus fortement, par la conformité qu'il y a de ſes Qualitez, avec celles que toute la France admire en Vous. Mais que dira-t'on, MADAME, de l'audace d'un Homme des Pyrenées, qui ne fait que commencer à écrire, & qui oſe d'abord vous dédier un Livre ; Vous, MADAME, à qui les Gens les plus habiles du Royaume, & les plus polis de la Cour s'adreſſent pour regler leurs Ouvrages

EPISTRE.

par voftre gouft, & qui font
affeurez du fuccez, par le jugement que vous en faites.
Je vous avoüe, MADAME,
que cette confideration m'a-
voit fait balancer à vous
prefenter Yolande; mais fon
intereft, & les avantages que
j'ay veu qu'elle en recevroit
m'y ont determiné. Je ne fçay
mefme, fi j'aurois pû refifter
à la paffion que j'avois depuis
long-temps de vous témoigner
que je fuis avec un tres-pro-
fond refpect,

MADAME,

Voftre tres-humble & tres-
obeïffant ferviteur,
DE PRECHAC.

EXTRAIT DU PRIVILEGE
du Roy.

PAR Grace & Privilege du Roy, donné à Versailles le 11. Octobre 1677, ligné AKAKIA : Il est permis au Sieur DE PRECHAC, de faire imprimer un Livre intitulé YOLANDE DE SICILE, en un ou plusieurs Volumes ; & défenses à qui que ce soit de l'imprimer, vendre, ny debiter en quelque sorte & manière que ce soit, sans le consentement dudit DE PRECHAC, ou de ceux qui auront droit de luy, sur peine de trois mille livres d'amande, & ce pendant six années, ainsi qu'il est plus au long porté par lesdites Lettres.

Ledit Sieur de Prechac a cedé son droit de Privilege à Claude Barbin, suivant l'accord fait entr'eux.

Registré sur le Livre de la Communauté des Libraires & Imprimeurs de Paris le 8. Iuin 1678.

Et ledit Sieur Barbin a cedé son droit de Privilege à Thomas Amaulry Libraire à Lyon, suivant l'accord fait entr'eux.

YOLANDE

DE

SICILE.

L A Marquise de Villa - Franca qui ne se rebutoit point par le mépris qu'Yolande témoignoit pour la recherche de son fils, & qui esperoit toûjours de réüssir par addresse ou par force, fit de nouvelles instances auprés des Ministres pour faire passer dans leur esprit

II. Partie.   A

le mariage du Duc de Fernandina avec Yolande pour une affaire d'Eſtat. Les circonſtances favorables des troubles de Meſſine qui augmentoient tous les jours, contribuoient beaucoup à mettre dans ſon party le Comte de Peñaranda Preſident du Conſeil d'Italie. Ce Comte étant perſuadé qu'on ne pouvoit rien faire de mieux pour le ſervice du Roy d'Eſpagne, & pour l'intereſt cõmun de la Nation, que de faire entrer les Eſpagnols dans l'alliance des premieres Maiſons de Sicile, prit la liberté d'en parler fortement à la Reyne, & voyant que Sa Majeſté avoit de la repugnance à donner ſon

confentement à ce maria-
ge fans confulter la volonté
d'Yolande , Peñaranda luy
reprefenta que les Perfonnes
d'un grand Rang ne fe ma-
rient jamais par leur choix ,
puifque les Princeffes même
des Maifons Souveraines font
fouvent facrifiées aux interefts de l'Etat , & deviennent
les Epoufes de ceux qu'elles
avoient regardé comme des
ennemis : & qu'ainfi il ne
faloit point s'arrefter à l'inclination d'Yolande ; qu'elle
eftoit peut-eftre de l'humeur
de la plufpart des filles , qui
ne fe propofent dans leur éta-
bliffement qu'à fatisfaire leur
paffion prefente , & qui ne
manquent jamais d'eftre mal-

heureuſes, lors que leur empreſſement eſtant diminué
elles viennent à conſiderer
l'eſtat où elles ſe trouvent,
& l'eſtat où elles pourroient
eſtre, ſi elles avoient déferé
aux ſentimens de ceux qui
n'eſtoient pas prevenus comme elles. Le Comte s'eſtant
apperceu que la Reyne étoit
ſatisfaite de ſes raiſons, ajoûta que le Duc de Fernandin
avoit tant de bonnes qualitez
qu'il ne doutoit point que
Yolande ne l'aimaſt auſſi-toſt
qu'elle l'auroit connu, d'autant plus qu'une femme d'eſprit prenoit toûjours le parti
de s'accommoder à la neceſſi-
té, faiſant par raiſon & par
habitude, ce qu'elle n'auroit

pû faire par inclination. Il
n'en falut pas davantage pour
ahever de perſuader la Reyne. Le mariage fut reſolu, &
la Reyne ſe chargea d'ap-
prendre cette nouvelle à Yolande, qui s'attendoit depuis
long-temps à quelque choſe
de ſemblable. Sa Majeſté luy
en parla, & luy fit connoître
que ſon affection & l'envie
de la bien établir luy avoient
fait deſirer de la voir unie au
Duc de Fernandina, l'aſſeurant qu'en faveur de ce mariage, elle leur donneroit à
l'un & à l'autre des marques
de ſon amitié, & de la ſatisfaction qu'elle en avoit. Yolande diſſimulant par reſpect
le dépit que cette nouvelle

luy cauſoit, remercia la Reyne de ſes bontez, & répondit qu'elle n'avoit rien à re-
pliquer à ce que Sa Majeſté
luy commandoit ; que cependant elle la ſupplioit tres-
humblement de vouloir luy
donner le temps de le faire
agréer à ſes Parens, pour ne
pas s'attirer la colere du Ciel
par un mépris ſi manifeſte.
La Reyne luy permit de leur
en écrire, & luy ordonna de
ne laiſſer pas de ſe preparer
à partir dans trois mois pour
aller trouver le Duc de Fernandina à Naples. La Com-
teſſe de Caſtelmare feignant
une grande ſurpriſe d'une reſolution ſi prompte, ſe rendit
auprés d'Yolande pour dé-

couvrir fa penfée : mais elle
luy répondit avec tant de retenuë, que la Comteffe eut
de la peine à penetrer fes
veritables fentimens. Elle fit
enfuite des efforts extraor-
dinaires pour la refoudre à
obeïr de bonne grace, & à
fe faire honneur d'une chofe
qu'il n'eftoit pas en fón pouvoir de changer. Mais Yo-
lande qui s'eftoit preparée à
ces violences, avoit d'abord
pris fon party, & s'eftoit determinée à mourir, lorsqu'elle verroit qu'il n'y auroit plus
de reffource, & à cacher cependant fa refolution, efperant que le temps, fes Parens,
ou peut-eftre le Prince de
l'Efcalette pourroient appor-

ter quelque changement à
fon eftat malheureux. Ainfi
elle ne s'evapora point en
difcours inutiles, & répondit
à la Comteffe, & à tous ceux
qui luy firent compliment fur
fon mariage, qu'elle attendoit avec foûmiffion la réponfe de la volonté de fes
Parens. La Marquife de Villa-
Franca voulut même luy faire un prefent magnifique;
Yolande fans le refufer la
pria de trouver bon qu'elle
ne le receuft point, que le
confentement de fa Famille
ne fuft arrivé. La Marquife
ne pouvoit point s'offencer
d'une réponfe fi fage, & Yolande par une conduite fi
honnefte trompa la vigilance

de ceux qui l'obſervoient, &
trouva moyen de faire avertir ſes parens de l'eſtat où elle
eſtoit, & du deſſein qu'elle
avoit de preferer la mort au
mariage qu'on luy propoſoit.

Auſſi-toſt que les parens
d'Yolande ſceurent la reſolution qui avoit eſté priſe en
Eſpagne, ils eurent diverſes
conferences pour travailler
aux moyens d'empêcher ce
mariage, & de délivrer Yolande de la tyrannie où elle
eſtoit. Toute la Nobleſſe ſe
joignit à eux, & ſe plaignit
publiquement de cette inju-
ſtice : ce qui donna occaſion
à réveiller d'autres affaires,
& inſenſiblement les choſes
s'aigrirent de part & d'autre.

Le Gouverneur feignant de vouloir les appaiſer, ſe rendit au Palais où s'aſſemble le Senat, & y ayant fait venir les Senateurs, il en fit fermer les portes dans le deſſein de les faire tous mourir. Dom Antonin Caffaro ayant eſté adverty du peril qui menaçoit ſon pere, s'en alla au Palais, avec reſolution de le délivrer ou de perir. Il fut ſuivy d'une populace ſi nombreuſe, que le Capitaine des Gardes du Gouverneur crût que tout eſtoit perdu, & qu'on alloit mettre le feu au Palais, ſi les Senateurs n'eſtoient bien-toſt mis en liberté. Il en donna advis au Gouverneur qui fit ouvrir les portes & les ren-

voya tous. Le Prince de l'Efcalette impatient de fçavoir
où aboutiroient ces defordres, fçachant que le terme
du départ de fa Maiftrefle approchoit, & ne pouvant s'i-
maginer un plus grand malheur que celuy de la voir entre les bras de fon Rival, ré-
voit inceffamment aux mo-
yens de la garantir de cette
violance. Ses amis & les parens d'Yolande eftoient fi occupez à fe défendre des in-
fultes des Efpagnols, & à retenir la populace émuë par
les tromperies du Gouver-
neur, qu'ils n'avoient pas le
temps de fonger à fecourir
Yolande, n'y d'affifter de leurs
confeils le Prince de l'Efca-

lette. Ainſi ce malheureux
Amant qui ne voyoit plus de
reſource s'abandonna à tous
les expediens que ſon deſeſpoir luy inſpira, & ayant fait
proviſion d'argent, & de
pierreries, prit la route d'Al-
ger, & s'alla jetter entre les
bras du fameux Corſaire
Trik, qu'il tâcha d'engager
dans ſes intereſts, par les pre-
ſens dont il le combla, & par
les diſcours remplis de flate-
rie dont il accompagna ſes
liberalitez, luy avoüant ſin-
cerement que la reputation
de ſa valeur l'avoit obligé à
rechercher ſa protection, pour
délivrer ſa Maiſtreſſe de l'in-
juſte tyrannie des Eſpagnols.
Ce Corſaire luy promit d'a-

bord de le fervir, & l'affeura qu'il connoiftroit bien-toft qu'il ne s'eftoit pas trompé dans la bonne opinion qu'il avoit eüe de luy.

Il arma donc deux bons Vaiffeaux, & fe mit en mer avec refolution d'attendre Yolande & de l'enlever lors qu'elle pafferoit en Italie. Cette aimable perfonne eftoit cependant dans des inquietudes inconcevables. L'idée affreufe qu'elle s'eftoit faite de l'infidelité du Prince de l'Efcalette l'avoit determinée à fe donner la mort, lors qu'elle ne pourroit plus differer par addreffe à eftre l'époufe du Duc de Fernandina. Eftant à la veille de partir de

Madrid, elle allà prendre con-
gé de ses compagnes. Doña
Therese de Gomez qui ai-
moit depuis long-temps le
Duc de Fernandina , s'é-
toit toûjours flatée de l'épouser : & voyant qu'Yolande
alloit partir , outrée de ce
qu'une Estrangere l'alloit fru-
strer de ses esperances , en
luy enlevant celuy qu'elle
aimoit, & s'imaginant que la
Marquise de Villa - Franca
étoit d'intelligence avec Yolande pour la joüer , lors
qu'on l'avoit engagée à feindre qu'elle estoit aimée du
Prince de l'Escalette, le souvenir de cette injure , & le
regret de perdre son Amant
la toucherent si vivement,

qu'elle ne put s'empêcher dé-
clater, & de déchirer la lettre
du Prince de l'Efcalette, en
reprochant à Yolande fa per-
fidie, & fe plaignant qu'elle
avoit efté trahie. Yolande
furprife de cette action, reconnut par cet emportement,
& par d'autres difcours que
Doña Therefe luy tint, qu'elles avoient efté trompées
toutes deux. Elle tâcha de
l'appaifer par un aveu fince-
re de la verité, mais Doña
Therefe qui avoit l'efprit
préoccupé & qui regloit les
fentimens d'Yolande pour le
Duc de Fernandina par les
fiens, ne pouvant comprendre qu'une autre puft hayr
un homme qu'elle trouvoit fi

aimable refufa de l'écouter, & fans entrer en éclairciffe-ment, elle fe retira en defor-dre, n'ayant pas la force de foûtenir la préfence d'une Rivale qu'elle croyoit heu-reufe.

Aprés l'éclat de Doña The-refe, Yolande ne douta plus que fon Amant ne luy euft efté toûjours fidelle, & cette penfée luy donna plus d'hor-reur dans le mariage dont on la menaçoit. Il falut cepen-dant fe refoudre à partir. La Comteffe de Caftelmare fut chargée de fa conduite ; elles s'embarquerent à Barcelone fur une Galere d'Efpagne qui avoit eu ordre de les paffer en Sicile. Les inquietudes d'Yolande augmentoient à mesure qu'elle approchoit de son Païs, & quoy qu'elle esperast beaucoup de l'amour du Prince de l'Escalette & de l'amitié de ses Parens, l'autorité du Duc de Fernandina luy faisoit tout craindre. Elle estoit dans ces agitations, lors que les Vaisseaux de Trik donnerent l'allarme à la Galere Espagnole. Le Capitaine fit des efforts inutils pour tâcher à gagner terre : mais le Corsaire avoit pris des mesures si justes, qu'il fut impossible à l'Espagnol d'éviter le combat. La partie paroissoit d'abord fort inégale, & il sembloit qu'il y eust de la temerité à vouloir resister à

deux vaisseaux si bien armez,
neanmoins le Capitaine sans
s'étonner des menaces de
Trik, qui luy avoit fait declarer qu'il le couleroit à
fonds s'il tardoit à se rendre,
se défendit avec beaucoup de
valeur, & fit juger par sa vi-
goureuse resistance, qu'il ne
se laisseroit pas prendre si ai-
sément que le Corsaire l'a-
voit crû. L'amoureux Prince
de l'Escalette craignant que
l'opiniâtreté de ce Capitaine
ne fist perir sa Maîtresse, ne
voyoit pas tirer une seule vo-
lée de canon, qui ne donnast
de cruelles allarmes à son
amour. Il se representoit à
tout moment le desespoir où
il seroit reduit, si par mal-

heur il alloit eftre la caufe de la perte d'Yolande , & ne voulant pas expofer plus long - temps une perfonne qu'il aimoit plus que fa vie, il refolut enfin de perir luy-même, ou de la garantir fans hazarder de la perdre. Ce qui l'obligea à prier Trik de luy donner une chaloupe, avec quelques foldats dont il connuft la valeur, pour abor-der la Galere le fabre à la main. Le Corfaire qui eftoit irrité par la temeraire refi-ftance des Efpagnols, en fit difficulté , feignant de ne vouloir pas l'expofer à un danger fi évident, quoy que dans fon ame il n'en fuft pas fâché , dans l'efperance de

profiter de ses pierreries , &
peut-estre afin de disposer à
sa volonté d'Yolande , dont il
s'estoit formé une agreable
idée par les discours de son
Amant. Le Prince ayant in-
sisté à luy demander une chaloupe , le Corsaire témoigna
de se laisser vaincre avec repugnance à ses importunitez,
& la luy donna avec trente
Soldats determinez, qui abor-
derent la Galere malgré le
grand feu des Espagnols. Le
Prince s'estant attaché au
Capitaine qu'il distingua ai-
sément par sa valeur , fut
assez heureux de le mettre
hors de combat , & s'ima-
ginant que les Turcs vien-
droient à bout des autres sans

peine, l'impatience où il étoit
de voir sa Maîtresse, meslée
de l'apprehension qu'elle ne
fust morte, luy fit abandonner le soin de poursuivre sa
victoire pour en apprendre
des nouvelles. Quelque aver-
sion que Yolande eust pour
le Duc de Fernandina, l'ima-
ge de la mort, & la crainte
d'estre dans peu de temps la
proye d'un Barbare Corsaire
luy avoient fait oublier sa
haine, sur tout aprés la compassion que luy avoit donnée
la mort de la Comtesse de
Castelmare, qui avoit esté
tuée d'un coup de canon.
Elle imploroit le secours du
Ciel avec une grande resi-
gnation, lors que le Prince

de l'Escalette , qui estoit dé-
cendu à fonds de cale pour
la voir , se presenta devant
ses yeux. Il est aisé de juger
de la surprise d'Yolande qui
n'attendoit plus que la mort,
en voyant paroître dans ce
moment la seule personne du
monde qui luy faisoit aimer
la vie. Le Prince la trouvant
fort éplorée;Ne craignez plus
rien , Madame, luy dit-il , je
suis icy pour vous délivrer.
La surprise qui luy donna la
veuë de son Amant , pensa
luy estre plus funeste que ne
luy avoit esté sa crainte. Elle
tomba évanoüie entre les bras
de ses femmes , & le Prince
de l'Escalette s'estant rassuré
par la veuë d'une personne

qui luy estoit si chere, ne
songea plus qu'à se rendre le
Maistre de la Galere, & re-
monta promptement, sans
même qu'il se fust apperceu
de l'évanoüissement d'Yolande. Il trouva que les Espagnols se deffendoient avec
une opiniastreté extraordinaire, & animé de cette noble ardeur que luy inspiroit
son amour, il se mesla parmy
eux, & fut si bien secondé
par les Turcs qu'en peu de
temps il ne trouva plus de
resistance. Mais il ne put
remporter un advantage si
considerable sans avoir esté
blessé de plusieurs coups,
quoy qu'assez legerement.
Trix qui venoit d'entrer dans

la Galere , s'eſtant apperceû
que le Prince perdoit du
ſang , le fit enlever malgré ſa
reſiſtance , & donna ordre
qu'on le portaſt dans un vaiſſeau où un habile Chirurgien
viſita ſes bleſſures.

Le Corſaire cependant vi-
ſita tous les endroits de la
galere , où il crut qu'on pourroit avoir caché de l'argent,
comme il arrive ſouvent en
de pareilles occaſions. Yolande qui eſtoit revenuë de ſon
évanoüiſſement , & qui avoit
crû retrouver le Prince , fut
extrêmement effrayée de
voir approcher le Corſaire,
dont la ſeule mine inſpiroit
de la terreur. Trix frappé de
l'éclat d'une beauté ſi ſur-

prenante,

prenante, s'arresta un moment à la considerer, & quoy
qu'elle luy parust fort aimable, son avarice l'emporta sur
tous les mouvemens de son
cœur, & le desir de trouver
de l'argent, dont les Turcs
sont plus avides que toutes
les autres Nations, l'obligea
à luy demander si elle ne sça-
voit point où le Capitaine de
la galere avoit caché son
thresor. Yolande au lieu de
luy répondre s'abandonna
aux larmes, ne doutant plus
qu'elle ne fust esclave, & s'i-
maginant que l'excez de son
amour l'avoit abusée, lors
qu'elle avoit crû voir le Prince de l'Escalette.

Le Corsaire de son costé

II. Partie. B

ne fongeoit qu'à profiter des
dépoüilles du Capitaine Efpagnol, en faifant tranfpor-
ter fur fes vaiffeaux ce qu'il
y avoit de plus precieux dans
la galere qui eftoit trop mal-
traittée pour pouvoir éviter
le naufrage. Il ordonna pour
la debarraffer qu'on fift paffer
Yolande fur fon vaiffeau auffi
bien que plufieurs voyageurs
qui avoient pris cette occafion pour aller en Italie. A
peine Yolande eftoit-elle entrée dans une chaloupe avec
cinq ou fix perfonnes qu'on
entendit des cris épouvanta-
bles parmy les forçats. Tout
le monde s'eftant enfuite apperceu que la galere enfon-
çoit, les cris redoublerent, &

il s'éleva une confufion de voix pitoyables d'un grand nombre de perfonnes qui al-loient périr, dont plufieurs fe jetterent dans la mer. Trik courut luy-même beaucoup de rifque & fe fauva à la na-ge avec affez de peine. On achevoit de vifiter les bleffu-res du Prince de l'Efcalette qui fe trouverent fort lege-res, lors que ce bruit lugubre frappa fes oreilles. Son amour luy faifant tout craindre, il fe traîna du cofté où eftoit la galere qu'il vit difparoiftre en ce moment, & ne dou-tant pas que fa Maiftreffe ne fuft enfevelie dans les ondes, parce qu'il n'avoit pas fceu qu'elle fuft paffée dans l'au-

tre vaiſſeau , il n'écouta plus
que ſon deſeſpoir , & ſe pre-
cipita dans la mer, bien moins
par l'eſperance de la ſecou-
rir , que pour ne luy pas ſur-
vivre. Ses gens s'eſtant jet-
tez aprés luy , le ſauverent
malgré qu'il en euſt , dans le
temps qu'il commençoit à ne
pouvoir plus reſiſter à la violence des flots,& le remonte-
rent dans le vaiſſeau où il reprit ſes eſprits,par le ſoin que
l'on eut de luy faire rendre
l'eau qu'il avoit avalée. Mais
ſa douleur n'en eſtoit pas
moins forte, & s'eſtant tourné du coſté du Corſaire, de
qui il croyoit avoir receu le
ſecours qu'on venoit de luy
donner ; Qu'ay-je donc pû

faire , trop genereux Trik,
luy dit-il, pour vous obliger
de me priver de la feule confolation qui me reſtoit d'accompagner à la mort celle
qui me rendoit feule la vie
fupportable. Trik reconnoif-
fant par ce difcours que le
Prince eſtoit préoccupé de la
perte d'Yolande , ne fut pas
fâché de fon erreur, les charmes de cette belle perfonne
luy ayant déja infpiré des
fentimens d'amour. Il luy
confirma la mort de fa Maîtreffe en luy apprenant qu'il
avoit fait des efforts inutiles
pour la fauver , mais que la
galere avoit pery fi inopiné-
ment , qu'il avoit failly luy-
même à eſtre enfevely dans

les flots. Le Prince fentant
renouveller fa douleur par le
difcours du Corfaire, voulut
fe dérober pour fe jetter une
feconde fois dans la mer ; fes
gens l'en empêcherent &
l'obferverent foigneufement,
de peur qu'il ne leur écha-
paft. Trik paffa cependant
dans l'autre vaiffeau pour y
donner les ordres neceffaires,
couvrant peut-eftre de ce
pretexte le defir preffant qu'il
avoit de voir Yolande, &
d'empêcher qu'elle ny le
Prince ne peuffent rien apprendre l'un de l'autre. Il la
trouva plus charmante qu'elle ne luy avoit paru la premiere fois, & il en devint
paffionnémét amoureux. Mais

comme il s'eſtoit fait une habitude de ſoûmettre tous ſes
ſentimens à ceux de ſon avarice, & jugeant par l'excez
de ſa paſſion de la beauté
d'Yolande, il ſe reſolut de la
conduire à Conſtantinople,
où l'on vend bien cher celles
qui ſe trouvent aſſez belles
pour entrer dans le Serrail
du Grand Seigneur. Plus il la
voyoit, plus il luy trouvoit de
charmes, & il ſe confirmoit
davantage dans ſon deſſein.
Yolande cependant repaſſoit
dans ſon eſprit ce qui luy
étoit arrivé dans la galere, &
ne pouvant ſe deſabuſer qu'elle n'euſt veu le Prince de
l'Eſcalette, elle ne comprenoit point comment il avoit

diſparu ſi-toſt. Trik s'étant
approché d'elle la trouva
fort éplorée, & cherchant
à luy parler, il feignit de la
conſoler, & luy dit, que ſa
condition n'eſtoit pas ſi malheureuſe qu'elle le craignoit,
puis qu'elle étoit tombée entre les mains d'un homme
qui avoit beaucoup de reſpect pour les Dames, & qu'il
feroit bien fâché de rien faire qui puſt luy déplaire. Yolande qui vouloit s'éclaircir
ſi elle avoit veu le Prince ou
un fantôme, remercia Trik
de ſa civilité, & luy dit que
la perte de ſa liberté n'eſtoit
pas ce qui l'affligeoit le plus,
eſtant depuis long-temps ac-
coûtumée à la ſervitude:

mais qu'elle avoit crû voir
avant que de paſſer dans ce
vaiſſeau, un Cavalier de ſon
Païs en qui elle prenoit beaucoup d'intereſt, & qu'elle
craignoit qu'il n'euſt pery
dans la galere. Si c'eſt du
Prince de l'Eſcalette que vous
voulez parler, luy dit le Corſaire, je partage le déplaiſir
de ſa mort avec vous; il eſtoit
mon amy, & je n'ay pû le
garentir du naufrage, quelque effort que j'aye fait, &
quelque ordre que j'aye donné pour le ſauver. Il eſt donc
mort, & je ne m'eſtois pas
trompée, s'écria Yolande; les
larmes & les ſanglots étouf-
ferent ſa voix. Cette nouvelle l'affligea ſi ſenſiblement,

B v

qu'elle se feroit attirée la
compassion d'un cœur moins
endurcy que celuy d'un Corsaire. Ce scelerat aprés avoir
fait entendre ses ordres aux
Officiers , repassa dans le
vaisseau où estoit le Prince
de l'Escalette en un estat à
peu prés semblable à celuy
d'Yolande , & aussi cruellement tourmenté de la perte
de sa Maîtresse , qu'elle estoit
affligée d'avoir appris le naufrage de son Amant. Trik
qui avoit déja de l'impatience de le voir éloigner , luy
representa qu'il étoit indigne
d'un grand courage de s'a-
bandonner à la douleur, qu'il
falloit prendre son party sans
balancer , & qu'il marqueroit

bien mieux fon amour en vangeant fa Maîtreffe, & en confervant une haine irreconciliable contre les Efpagnols, qu'en fe laiffant aller à un defefpoir inutile. Le Prince eut une efpece de honte des remontrances du Turc, & fes bleffures n'étant pas affez confiderables pour l'empêcher d'agir, il fe determina tout à coup, & refolut de retourner à Meffine, dans le deffein d'y faire une cruelle guerre aux Efpagnols, qu'il regardoit comme les autheurs de la perte d'Yolande. Il pria Trik de le mener dans quelque port, où il puft s'embarquer pour aller à Meffine : mais ayant appris qu'il eftoit

fort difficile d'y aborder par
l'oppofition de quelques bâ-
timens d'Efpagne , qui gar-
doient les côtes, pour empêcher qu'il n'entrât des vivres
dans Meffine , qu'ils preten-
doient reduire par la faim,
le Prince fut obligé de s'embarquer fur un vaiffeau qu'il
rencontra par hazard , qui
alloit à Venife , où il arriva
deux jours aprés. La crainte
qu'il eut d'eftre découvert &
enlevé par les Efpagnols , qui
d'ordinaire font mieux fervis
par leurs Efpions , que par
leurs Capitaines , l'obligea à
fe traveftir en prenant un habit de Moine , & à dire enfuite qu'il venoit de vifiter le
Saint Sepulchre, & les autres

lieux Saints qui font dans l'Empire du Grand Seigneur. Quoy qu'il euft des Parens & des Amis à Venife, il ne vifita perfonne. La perte de fa Maîtreffe & le defir de fe vanger des Efpagnols l'occupoient entierement ; il eftoit dans une impatience extrême d'apprendre ce qui fe paffoit à Meffine , il n'ofoit cependant en demander des nouvelles, de peur d'être reconnu : Mais il alloit quelquefois fur le Port , pour écouter les difcours de ceux qui s'y promenoient , efperant toûjours d'apprendre quelque chofe qui fatisferoit fa curiofité. Un des Officiers du vaiffeau qui l'avoit paffé

à Venife , ayant remarqué
que ce Moine étoit fort at-
tentif à tout ce qui fe difoit
dans le Port , l'obferva foigneufement , & ayant exami-
né fes actions , fon habit &
fon vifage , il le reconnut
pour le Cavalier qui avoit
paffé du vaiffeau de Trik
dans le fien. Alors il ne douta
point qu'il ne fe fuft déguifé
de la forte , pour apprendre
le nombre des vaiffeaux qui
devoient partir de Venife, &
le temps de leur départ. La
reputation de Trik , qui faifoit fouvent des prifes confiderables, le confirma dans fa
penfée ; il en avertit fes Amis,
qui firent la même confidence à d'autres perfonnes, & en

un moment il se répandit un
bruit dans le Port, qu'il y
avoit un Espion de Trik dé-
guisé en Moine. On empê-
cha qu'il ne sortist aucun
vaisseau ; cependant on se
saisit du faux Moine, qui ne
sçachant pas ce qui avoit
donné occasion à le faire arrêter, crût que le Senat avoit
donné cet ordre à la priere
de l'Ambassadeur d'Espagne.
On l'interrogea, & il se trouva fort embarrassé dans ses
réponses, sur tout lors qu'on
luy demanda pourquoy en
sortant du vaisseau de Trik,
il avoit voulu persuader qu'il
estoit Messinois. Le Prince
croyant se défaire de leurs
demandes importunes, leur

avoüa qu'il eſtoit Religieux
& Romain : mais qu'il avoit
eſté obligé de ſe traveſtir en
Cavalier pour voyager plus
commodément en Turquie,
& qu'auſſi-toſt qu'il s'eſtoit
trouvé parmy les Chreſtiens,
il avoit repris l'habit de ſon
Ordre. On fit venir des Religieux de ce même Ordre,
qui l'examinerent de nou-
veau , & reconnurent aiſément qu'il n'étoit rien moins
que ce qu'il vouloit paroître. Aprés le rapport des Religieux , perſonne ne douta
qu'il ne fuſt un Eſpion de
Trik , ce qui fit qu'on ne
balança point à le condam-
ner à la mort : & comme l'on
eſtoit prevenu qu'il fuſt Re-

negat , on choifit un tres-
habile homme pour le con-
vertir par fes doctes exhor-
tations. Le Prince qui avoit
une parfaite connoiffance de
l'integrité du Senat de Venife , ne comprenoit point de
quels artifices les Efpagnols
s'étoient fervis pour obliger
ces fages Senateurs à violer
dans fa perfonne l'hofpitalité
qu'ils obfervent religieufe-
ment dans tous leurs Eftats,
ce qui le fit refoudre à écrire un billet à un fameux Car-
me fon ancien amy, qui avoit
fejourné long-temps à Meffine , & qui eftoit Provincial
de fon Ordre à Venife , &
c'eftoit precisément celuy
qu'on avoit choifi pour le

preparer à la mort. Il ne receut point le billet, parce
qu'il eſtoit déja party pour
aller exhorter à la mort le
pretendu Renegat. Un Gui-
chetier le conduiſit dans la
chambre du Criminel. Le
Prince le voyant entrer, jugea qu'il avoit receu ſon billet, & courut au devant de
luy, pour luy témoigner la
joye qu'il avoit de le voir, &
de ſe ſervir de ſon miniſtere.
Le bon Religieux qui avoit
crû de trouver un opiniâ-
tre Renegat, loüa Dieu de
le voir dans des diſpoſitions
ſi Chreſtiennes. Ils ſe parlerent long-temps ſans s'entendre; le Prince luy faiſoit un
recit veritable de ſon mal-

heur, & le Religieux l'interrompit pour l'exhorter à le
souffrir avec patience, & à
se resoudre à la mort ; A la
mort, reprit le Prince avec
étonnement, j'ay trop bonne opinion du Senat de Ve-
nise pour craindre un pareil
traitement, & je vous ay envoyé querir pour vous prier
de luy representer mes inte-
rests. Le Religieux surpris
de ce discours le regarda avec
attention, & le reconnut pour
le Prince de l'Escalette. Ils
eurent une longue conversation, & il sortit ensuite pour
aller rendre compte au Senat du nom & de la quali-
té du prisonnier. On luy envoya aussi-tost un Senateur

pour le mettre en liberté, &
pour reparer par les civili-
tez qu'il luy fit, tous les mauvais traittemens qu'il avoit
receu. Peu de temps aprés il
s'en alla à Rome où il apprit
que les Meſſinois reduits aux
dernieres extremitez, avoient
demandé du ſecours aux
François, & que le Comman-
deur de Valbelle étoit entré
dans le port de Meſſine, avec
ſix vaiſſeaux chargez de vivres & de munitions, malgré
les obſtacles des Eſpagnols
& au travers de leurs galeres
qui en fermoient les ave-
nuës.

On apprit en ce temps-là
à Meſſine le pretendu naufrage d'Yolande. Toute la No-

bleſſe en fut également touchée, les uns par l'intereſt
du ſang, & les autres par la
compaſſion qu'ils avoient de
la deſtinée d'une perſonne
de ſa naiſſance, & s'il avoient
pû ajoûter quelque choſe à
l'implacable hayne qu'ils
avoient déja contre les Eſpagnols, cette mort auroit
beaucoup contribué à l'augmenter. Tous les amis du
Prince de l'Eſcalette luy écri-
virent à Rome des lettres de
conſolation qui eurent le ſuccez ordinaire de cette ſorte
d'epiſtres, & ſes parens qui
l'avoient crû mort, le prie-
rent de retonrner à Meſſine,
pour les conſoler des ennuis
que la nouvelle de ſa mort

leur avoit caufée. Il fe mît
en chemin pour fatisfaire à
leurs defirs ; mais il eut le
malheur d'eftre pris fur mer
par un Armateur Mailhor-
quin, qui l'ayant reconnu
pour Meffinois, le livra auffi-toft au Duc de Fernan.
dina, qui eftoit en ce temps-
là Viceroy de Sicile. Ce genereux Duc qui avoit autres-
fois connu le Prince de l'Efcalette, & qui n'avoit nulle
part à tous les artifices dont fa
mere s'étoit fervie pour contraindre Yolande à l'époufer,
fut fi touché de la difgrace
de fon Rival, que bien loin
d'executer fur luy l'ordre
qu'il avoit receu d'Efpagne,
de faire mourir tous les Meffi-

nois qui tomberoient entre
ses mains, il l'alla voir dans la
prison, sous pretexte de l'in-
terroger sur les affaires de
Messine, & il le consola en
des termes fort obligeans,
l'asseurant qu'il ne devoit
rien craindre pour sa vie, &
qu'il vouloit luy faire connoistre qu'il n'avoit jamais
merité sa haine, quoy qu'il
eust esté son Rival ; ajoûtant
avec une espece de confu-
sion, qu'il n'avoit sçeu que
depuis peu de temps la violence qu'on avoit faite à Yolande sur son sujet, & qu'il
auroit mieux aimé perdre sa
fortune, que de l'épouser contre sa volonté. Le Prince de
l'Escalette confus de trouver

tant de generofité dans un
homme, que l'intereſt de ſon
amour luy avoit fait regarder comme ſon plus cruel
ennemy, fut d'abord aſſez
touché des diſcours obligeans
du Duc : mais ſe repreſen-
tant qu'un grand courage
trouve bien plus de ſatisfaction dans une pareille vengeance, que dans une autre
plus ſanglante, il crût qu'il
y auroit de la baſſeſſe à faire
des ſoûmiſſions honteuſes à
ſon Rival, & luy répondit
fierement, qu'il eſtoit inutile
de ſe faire honneur de luy
vouloir ſauver la vie, ce qui
n'eſtoit pas en ſon pouvoir,
ſans deſobeïr aux ordres d'Eſpagne ; qu'en l'état où il étoit,

il

il recevroit la mort comme
une grace , n'ayant furvécu à
Yolande que pour la vanger,
en contribuant à délivrer fa
Patrie de la tyrannie des Efpagnols , & qu'à prefent que
les François eftoient entrez à
Meffine , il n'avoit plus rien
à fouhaiter. Le Duc de Fernandina admirant cette ge-
nereufe réponfe , luy repliqua , qu'il devoit avoir des
fentimens plus refpectueux
pour fon Prince legitime , &
l'affeura enfuite que fon pouvoir n'étoit pas fi limité, qu'il
ne puft luy conferver la vie,
fans defobeïr au Roy. Les
fuites juftifierent qu'il luy
parloit avec fincerité, & non
feulement il luy adoucit la

II. *Partie.* C

prison par diverses petites libertez qu'il luy donna, mais
il écrivit même en Espagne,
qu'il avoit differé à le faire
mourir pour ne pas achever
de mettre au desespoir la Noblesse de Sicile, & pour prevenir les cabales que ses Parens, dont le pouvoir estoit
à redouter, auroient pû faire dans les autres villes du
Royaume, qui estoient déja
assez ébranlées par l'exemple de Messine; ajoûtant qu'il
esperoit se servir utilement
du ministere de ce prisonnier, pour reduire les Messinois à quelque accommode-
ment. La Cour d'Espagne qui
craignoit les suites de ce sou-
levement, se relâcha de sa

premiere rigueur, fur les remontrances du Viceroy ; On
luy fit réponſe, que le Conſeil s'en repoſoit fur ſa pru-
dence, & que puis qu'il le
trouvoit à propos pour le bien
des affaires, on luy permet-
toit de ſuſpendre l'execution
du Prince de l'Eſcalette. Mais
il faut laiſſer quelque temps
le Prince dans une priſon qui
n'eſt pas trop rude, pour apprendre cependant des nouvelles d'Yolande.

Aprés que le perfide Trik
eut veu éloigner le Prince, il
ne ſongea plus qu'a aſſouvir
ſon avarice, en retirant une
ſomme conſiderable de la
vente d'Yolande, & l'ayant
conduite au port de Conſtan-

tinople, il la fit propofer au Baffa, qui a la Surintendance du Serrail, comme l'une des plus belles perfonnes du monde. Ce Baffa l'ayant veuë fut content de fa beauté, quoy qu'il euft mieux aimé qu'elle euft efté tout-à-fait blonde, parce que le Grand Seigneur a plus d'inclination à les aimer que toutes les autres. Il ne laiffa pas neanmoins de l'acheter, & de la faire conduire au Serrail. On a veu tant de differentes defcriptions de cette Maifon de plaifir des Empereurs Ottomans, que chacun croit d'en eftre bien informé. Il eft cependant vray que peu de gens en parlent jufte, parce qu'on a un foin extraordinaire d'ôter au Public, & principalement aux Eftrangers, la connoiffance de ce qui s'y paffe. Voicy ce que j'en ay appris par des Memoires qu'on m'a donnez pour veritables.

Le Serrail eft une Maifon fort vafte, où il y a un nombre prêque infiny d'appartemens extrémement propres, tous diftinguez par jardins differens. Ces logemens font occupez par le Grand Seigneur, par les Sultanes, & par plufieurs belles perfonnes qu'on choifit de toutes les Nations du monde, fans aucune diftinction de naiffance ou de pays, la feule beauté

leur eftant neceffaire pour y
être admifes. Elles font neanmoins un efpece de Novi-
ciat, avant de paroître devant les yeux du Grand Seigneur, & l'on prend un foin
particulier de leur faire apprendre la Langue Turque,
lors qu'elles ne la fçavent
pas, afin que fi elles avoient
l'honneur de plaire à Sa Hauteffe, elles fuffent en eftat
de luy répondre, fans luy dérober le plaifir de la converfation, qui eft affeurément
celuy dont on joüit le plus
fouvent. Elles font gouver-
nées & fervies par des Eunuques, qui d'ordinaire ont
fort peu de complaifance, &
les traitent avec affez de fe-

verité. On leur fait employer
la premiere année qu'elles
entrent dans le Serrail à apprendre divers exercices , &
le Salamelek ou reverence
qu'on leur montre à faire,
avec des ceremonies extra-
ordinaires. Elles font enfuite
admifes ou renvoyées , felon
qu'elles ont les qualitez neceffaires pour plaire au grand
Seigneur : & bien loin que
les contes qu'on fait en Europe , des refiftances qu'une
Cruelle avoit fait à Sa Hauteffe foient veritables , jamais
une Dame n'a efté introduite
auprés de l'Empereur , qu'a-
prés avoir fait des protefta-
tions folemnelles qu'elle l'ai-
me, & qu'elle n'oubliera rien

C iiij

pour tâcher à luy plaire. Pendant la premiere année, on leur fait voir tous les jours dans une grande Salle, autant de Portraits du Grand Seigneur qu'il a d'années, chacun desquels represente comme il estoit fait & vêtu le premier jour de cette année-là. Celles qui par des principes de vertu ou de pudeur, resistent à l'adresse des Eunuques qui sont préposez pour leur inspirer de l'amour pour le Grand Seigneur, sont enfermées dans un espece de Monastere consacré à Mahomet, où elles observent plusieurs vœux, & principalement celuy de la chasteté : & comme le nombre en eft fort petit, on a beaucoup de veneration pour elles ; les Turcs les nomment les Femmes de leur grand Prophete.

Yolande ayant efté conduite dans le Serrail, eftoit dans des inquietudes extrêmes de fa condition prefente, & quoy que la mort de fon Amant, & fes autres malheurs luy euffent donné de l'indifference pour tout ce qui luy pouvoit arriver, la crainte des violences qu'elle s'eftoit imaginée qu'on luy feroit, la tenoit dans des apprehenfions continuelles, jufques à ce qu'un Eunuque Europeen, qui eftoit fon Maître de Langue Turque, luy mit l'efprit

C v

un peu plus en repos, en luy
apprenant ce qui s'obſervoit
dans le Serrail. Il l'aſſeura
qu'il n'y avoit point d'exemple, qu'on euſt jamais usé de
force, pour contraindre quelque Dame à ſatisfaire aux
deſirs du Grand Seigneur,
ajoûtant par une eſpece de
plainte, que le Serrail n'étoit
que trop remply de cabales
de celles qui recherchent la
faveur des Sultanes , ou la
protection du Chef des Eunuques, pour inſinuer à l'Empereur la violence de leur
paſſion, & tâcher par de pareils artifices d'eſtre prefe-
rées à leurs Compagnes. Yolande s'eſtant inſenſiblement
deſabusée des terreurs qu'el-

le s'estoit formée du Serrail, s'appliqua avec beaucoup de soin à apprendre la Langue Turque, & employa le temps qu'elle ne donnoit pas à ses leçons, à joüer des instrumens, dont elle s'acquittoit admirablement bien. Ayant remarqué plusieurs fois qu'un jeune Eunuque la regardoit attentivement, & la servoit même avec plus d'attachement & de respect que les autres, ces distinctions commençoient à l'inquieter, craignant peut-estre, que cet Eunuque ne fust un Emissaire des plaisirs du Grand Seigneur, qu'on luy détachoit avec quelque dessein. Mais son étonnement fut bien plus

grand, lors qu'un jour qu'elle eſtoit ſeule dans ſa chambre , cet Eunuque y entra
le viſage baigné de larmes,
& luy dit, qu'il avoit heſité
long-temps à luy parler, par
la honte qu'il avoit de ſe faire connoître en l'eſtat malheureux où il eſtoit reduit,
qui eſtoit pour luy mille fois
pire que la mort; que neanmoins quelque repugnance
qu'il y euſt , le deſir qu'il
avoit de luy rendre ſervice,
en l'informant des affaires
du Serrail, qu'il avoit appri-
ſes par une experience de
trois ans, l'avoit emporté ſur
la honte de ſa condition. Yolande le regardoit cependant,
& avoit une idée confuſe

du vifage de cette perfonne,
quoy que cette voix luy fuft
entierement inconnuë. L'Eunuque s'appercevant qu'elle
avoit peine à rappeller ces
efprits, & que cela l'embar-
rafloit ; Il n'eft pas extraordinaire que vous ne me recon-
noifliez pas, continua-t'il, je
fuis perfuadé qu'il y a une
aflez grande difference de
Dom Auguftin Gregorio
amant d'Yolande, à un che-
tif Eunuque du Serrail, &
vous. Les Larmes qui cou-
loient de fes yeux avec abondance l'empêcherent d'achever. Yolande l'ayant enfin
reconnu pour Dom Augu-
ftin, quoy qu'elle luy trouvaft
le vifage fort changé, & la

voix toute differente, témoigna d'abord de la joye de le
revoir , & ne comprenant
peut-eftre pas , qu'il y euft
une fi grande difference d'un
Eunuque à un autre homme,
elle luy reprocha fon defefpoir , luy difant , qu'il falloit
avoir des fentimens plus
Chrêtiens , & efperer que le
Ciel le délivreroit de cette
fervitude , en luy procurant
les moyens de retourner en
Sicile. Pour vous , vous pou-
vez encore vous en flater , repliqua Dom Auguftin , & la
feule confolation qui me refte
dans mon malheur, eft d'efperer que je pourray peut-être
y contribuër par mes con-
feils. Mais pour moy , qui ne

fuis qu'un malheureux , &
qui n'ay plus rien de l'homme qu'une fauſſe apparence,
il y a long-temps que j'ay pris
mon party , & que je me fuis
refigné à paſſer ma vie dans
l'employ où vous me voyez.
Yolande furprife de ce difcours, s'imagina bien qu'un
Eunuque eſtoit quelque chofe d'affreux, mais elle aima
mieux l'ignorer, que de s'expofer à entendre une expli-
cation, qui auroit peut-être
bleſſé fa pudeur. Aprés ce
premier éclairciſſement, Dom
Auguſtin la pria de luy dire
des nouvelles du Prince de
l'Eſcalette. Ce nom ayant re-
nouvellé la douleur d'Yolande, elle luy fit connoiftre par

un torrent de larmes qu'elle
ne put retenir, qu'il luy étoit
arrivé quelque chose de funeste, & luy apprit ensuite la
maniere dont elle croyoit
qu'il eust pery. Dom Augustin s'apperceut qu'Yolande
en étoit extrêmement affligée, l'habitude qu'il s'étoit
faite de se plaindre, luy fit
trouver ses larmes si raison-
nables, qu'il n'eust pas la force de l'en consoler, & se retira sans luy parler davantage. Mais ne voulant pas aussi
l'abandonner à son affliction,
il entra dans l'appartement
d'une autre Dame qu'il con-
noissoit d'une humeur fort
enjoüée. Il luy apprit qu'il
venoit de quitter Yolande

dans un eſtat à faire pitié, &
la pria de paſſer dans ſa chã-
bre pour luy aider à diſſiper
ſes ennuis. Comme les Da-
mes aiment à ſe faire plaiſir,
& que les belles perſonnes
ont d'ordinaire de la complaiſance les unes pour les autres, ſur tout (lors que l'intereſt de l'amour ou la jalouſie
de leurs beautez n'ont pas
encore changé leur naturel,)
Zarabey (c'eſt le nom de la
Dame) paſſa dans ce mo-
ment dans la chambre d'Yolande, & ſe ſervit de tout ſon
enjoüement pour la divertir.
Yolande fut ſi ſenſible aux
empreſſemens de Zarabey,
qu'elle ſuſpendit ſon chagrin
pour répondre à ſes honnê-

tetez. Dom Augustin estant
revenu quelque temps après
fut bien aise de trouver que
la conversation de Zarabey
avoit produit l'effet qu'il en
avoit esperé. Comme il con-
noissoit bien le Serrail , &
qu'il avoit une grande opinion de Zarabey , il conseilla
à Yolande de lier amitié avec
elle, & Yolande se trouva par
sa propre inclination si dispo-
sée à suivre ce conseil, qu'elle fit avec plaisir tous les pas
necessaires pour engager ce
commerce. Zarabey estoit
une de ces beautez achevées,
qui n'ont rien qui ne soit
admirable ; elle estoit blonde,
& justement de celles qui
sont si fort au gré du grand

Seigneur ; fon humeur gaye
donnoit de nouvelles graces
aux agréemens qui eſtoient
répandus ſur ſon viſage. Elle
répondit avec tant de recon-
noiſſances aux marques d'a-
mitié d'Yolande, qu'elles furent dans peu de temps dans
une intelligence parfaite.
L'Eunuque Dom Auguſtin
contribua beaucoup à cimen-
ter cette union , par les té-
moignages avantageux qu'il
rendoit de la Chreſtienne à
Zarabey , & de la Turque
à Yolande. Elles ſe voyoient
prêque à toutes les heures,
& ce grand commerce leur
ayant donné beaucoup d'eſtime, l'une pour l'autre, elles
vivoient dans une grande

amitié. L'intereſt que Zarabey prenoit déja à ſon amie,
luy fit deſirer d'apprendre
par quelle avanture elle étoit
dans le Serrail , eſtant d'un
païs ſi éloigné. Yolande ne
pouvant luy refuſer cette
marque de confiance, luy fit
une relation exacte de tout
ce qui luy étoit arrivé , &
n'ayant pû retenir ſes larmes,
lors qu'elle luy parla de la
perte de ſon Amant , & de
celle de ſa liberté, Zarabey
témoigna la derniere ſurpriſe de luy voir répandre des
pleurs , luy dit fort ingenuëment qu'elle ne comprenoit
pas comment elle ſe pouvoit
plaindre des maux , qui
avoient eu une ſi heureuſe

fin, & qui luy avoient procuré
les moyens d'entrer dans le
Serrail, qui est le comble de
l'ambition des femmes, & le
plus grand bon-heur qui
peut arriver à une personne
de leur sexe. Yolande beaucoup plus étonnée de la voir
dans de pareils sentimens,
que l'autre ne l'avoit esté de
sa douleur, la pria de luy dire, par quel endroit la condition des Esclaves du Serrail luy paroissoit si heureu-
se. Je voy bien, luy repartit
Zarabey, que vous avez esté
élevée parmy des Barbares,
puis qu'estant d'un sexe qui
vous assujettit aux caprices
des hommes, qui souvent,
quelque merite que vous

ayez , vous preferent une
malheureuse Esclave , fans
naiſſance ny vertu , & vous
confondent toûjours avec un
nombre d'autres femmes de
toutes humeurs , vous pou-
vez encore vous plaindre
d'eſtre dans le Serrail, où l'on
eſt dans l'abondance, & dans
les delices , fans autre ſoin
que celuy de plaire à l'Empereur du Monde, & au premier Homme de l'Univers.
Yolande jugeant par ce diſcours de la malheureuſe condition des femmes de Tur-
quie, où un mary peut avoir
un nombre de femmes, pro-
portionné aux biens qu'il a
pour les entretenir , voulut
deſabuſer Zarabey , en luy

apprenant qu'il n'en eft pas
de mefme en Europe, où les
Loix font plus avantageufes
aux Dames, n'eftant pas permis à un homme d'époufer
plus d'une femme, qu'il eft
obligé de confiderer comme
fa compagne, fans qu'il puiffe
en avoir d'autre, pendant
que celle-là eft vivante. Cela
paroiffoit fi extraordinaire à
Zarabey, qu'elle eftoit perfuadée qu'Yolande cherchoit
à fe divertir, en luy faifant
de pareils contes, jufqu'à ce
que Dom Auguftin eftant
furvenu le luy confirma fort
ferieufement, & ajoûta encore que non feulement les
hommes de fon Païs n'a-
voient qu'une femme, mais

qu'il arrivoit même fort fouvent que cette femme eſtoit
maîtreſſe de pluſieurs hommes, ſans que ſon mary oſaſt
s'en plaindre.

Dom Auguſtin avoit eſté
ſi meſlé dans le recit qu'Yolande avoit fait de ce qui luy
eſtoit arrivé en Eſpagne, que
Zarabey eut une extrême
curioſité d'apprendre par luy-
même, la ſuite de ſes malheurs. Yolande l'en avoit inutilement prié pluſieurs fois,
il s'en étoit toûjours défendu,
n'oſant pas s'expoſer à la con-
fuſion qu'il craignoit de recevoir par une relation dont
la fin eſtoit ſi tragique pour
luy. Cependant ces deux belles perſonnes l'en ayant prié
inſtam

inftamment , quelque averfion que fon état luy donnât
pour les femmes , la confideration qu'il avoit pour Yolande & pour Zarabey , l'emporta fur tous fes autres mouvemens , & ne pouvant plus
s'en défendre , il leur fit valoir ce recit , comme la preuve la plus forte qu'il puft leur
donner de fa complaifance ,
& aprés leur avoir raconté
tout ce qui luy eftoit arrivé
jufqu'à fa fortie d'Efpagne ;
Vous fçavez , dit-il , en adref-
fant la parole à Yolande , que
la Reyne offencée de mon
audace , avoit refolu d'en
faire une punition exemplaire ; elle en fut en partie détournée par les inftantes prie-

I I. Partie.   **D**

res de mes Amis , qui ne
pûrent pourtant empêcher
qu'on ne me renvoyaſt en
Sicile, avec ordre à celuy qui
eut le ſoin de me conduire,
de me retenir un mois dans
le Château de Saint Sauveur,
& de m'y faire voir ſous les
habits qui m'avoient déguiſé
dans le Palais, pour me punir par l'endroit qui avoit fait
mon crime. On me fit em-
barquer à Barcelonne ſur un
navire Marchand, chargé de
pluſieurs effets, qui appar-
tenoient à des Genois. A peine eûmes-nous fait une partie du chemin, que nous fûmes accueillis d'une violente
tempeſte, qui nous jetta ſur
les coſtes de Barbarie. Un

Corsaire Turc qui couroit cette Mer, nous ayant découverts, & s'estant apperceu du mauvais estat où nous avoit reduit la tempeste, attaqua nostre vaisseau à demy brisé, & s'en rendit facilement le maître. La severité avec laquelle nostre vainqueur traita d'abord plusieurs personnes de nostre Vaisseau qu'il mit à la chaîne, me faisant craindre un pareil traitement, me determina à ne le point desabuser de l'erreur où mes habits pouvoient le jetter, esperant qu'il en auroit plus d'égards. Je ne réüssis que trop dans ce dessein; le Corsaire m'ayant trouvé à son gré, me traita avec beau-

coup de douceur , & me fit
connoître infensiblement que
je ne luy déplaifois pas. Peu
de temps aprés il me parla
de fa paffion , comme d'un
grand bon-heur pour moy,
tâchant à me perfuader qu'il
eftoit mon Efclave , quoy que
par le droit de la guerre je
fuffe le fien. Ma réponfe luy
fit connoître que j'eftois fort
éloigné de répondre à fes
empreffemens. Mais bien loin
de s'en rebuter, fa paffion
augmenta par mes refiftances , & me trouvant preffé
par ce furieux , je fus obligé
de le retirer de l'erreur où
l'avoit jetté mon déguifement , & de luy apprendre
ce que j'eftois. Les perfonnes

qui m'accompagnoient le luy
ayant confirmé, je crûs eftre
délivré de fes perfecutions;
mais cette connoiffance l'ir-
rita fi fort contre moy, qu'il
voulut fur l'heure me faire
punir par cinquante coups
de bâton qu'il ordonna qu'on
me donnaft fur la plante des
pieds, & dont je ne fus ga-
ranty que par l'arrivée d'un
Officier du Capitan Baffa ou
Admiral, qui ayant oüy parler du malheur de noftre
vaiffeau, avoit envoyé cet
Officier pour recevoir la part
qui luy eftoit deuë par fa
Charge, fur toutes les prifes,
avant que l'on euft détourné
ce qu'il y avoit de plus pré-
cieux, comme il arrive fou-

vent. L'Envoyé du Baſſa,
aprés avoir viſité toutes choſes avec la derniere exacti-
tude, me choiſit avec deux
autres perſonnes pour la part
de ſon Maître. Le Corſaire
ne s'y oppoſa point, voyant
bien qu'en conſideration de
mon pretendu ſexe, & de
ma bonne mine, cet Officier
me prenoit pour un prix
conſiderable. Il feignit neanmoins de ſe plaindre de ce
qu'on luy enlevoit le meil-
leur de ſa priſe, & le pria
qu'il luy laiſſaſt du moins les
deux autres qui devoient
m'accompagner, ce qui luy
fut enfin accordé. Je ne vous
amuſeray point par un détail
inutile de mon voyage, & de

la satisfaction que mon guide
témoigna de me ramener. Il
me conduisit à Constantino-
ple, & me présenta au Capitan Bassa. Ce Turc qui sous
l'apparence d'une grande
probité, cachoit le plus cruel
de tous les hommes, me parut
estre fort content de moy;
il me dit en Langue Franque,
(c'est un langage meslé de
l'Italien, & fort aisé à entendre) qu'il voyoit bien que
j'estois une personne de qualité, & que je devois m'assu-
rer qu'il me distingueroit de
ses autres Esclaves; je ne luy
répondis que par une reverence, & l'on me mena en-
suite dans un appartement,
où les Esclaves de mon nou-

veau maiſtre me receurent
avec des grandes demonſtra-
tions de bienveillance, &
avec beaucoup plus d'huma-
nité que je n'en avois eſperé
d'une Nation qu'on m'avoit
dépeint ſi barbare. Le lendemain de mon arrivée on me
fit habiller d'un habit à la
Turque, extrêmement pro-
pre, ſans pourtant qu'il y euſt
rien de riche. Le Baſſa voulut que je le ſerviſſe ce jour-là
à diſner ; il me trouva ſi bien
dans cet habillement, que je
craignis par la ſatisfaction
qu'il en témoigna qu'il pourroit m'en arriver quelque
nouveau malheur. Je ſongay
d'abord à le prevenir, & j'eus
vingt fois le deſſein de me

jetter à ses pieds, pour luy declarer ce que j'étois avant
que mon déguisement m'eust
jetté dans de nouveaux em-
barras; mais j'en fus détourné par le souvenir des menaces du Corsaire, lors que je
luy avois fait un pareil aveu.
Cette malheureuse reflexion
m'effraya si fort que je reso-
lus de continuër dans mon
déguisement. Le Bassa me
traitoit d'une maniere à me
confirmer mes apprehen-
sions; mais je n'eus plus lieu
de douter de mon malheur,
lors que m'ayant un jour fait
appeller, il me dit, qu'il avoit
beaucoup d'estime pour moy,
& qu'il se sentoit même de
la disposition à m'aimer, que

D v

c'eſtoit à moy à achever par
ma complaiſance, & par mon
attachement à ſa perſonne, ce
que ma bonne fortune avoit
commencé. Le chagrin qui
parut ſur mon viſage, aprés
cette declaration, luy ayant
fait connoître que cela me
faiſoit peine, il continua à me
parler, & me dit, que je ne
devois rien craindre de ſes
violences, n'eſtant pas de
l'humeur des autres Patrons,
qui arrachoient par force, ce
qu'on leur refuſoit par amitié; que bien loin d'avoir la
penſée de ſe ſervir de l'authorité qu'il avoit ſur moy,
comme ſon Eſclave, il eſtoit
ſi delicat en amour, qu'il vouloit eſtre convaincu, que j'a-

vois de l'inclination pour luy,
avant que de se resoudre à
m'aimer. Ce dernier discours
m'ayant un peu rasseuré, il
se retira sans attendre ma réponse, & passa plusieurs jours,
sans me rien dire. Son silence me fit juger qu'il m'avoit
parlé avec sincerité, jusqu'à
ce que m'ayant regalé d'une
robbe fort riche, & fort differente de celles des autres
Esclaves, il me dit, qu'il me
faisoit se present, pour m'engager à luy plaire, par reconnoissance, puis que je ne pouvois le faire par inclination.
Je luy répondis, que je faisois
un grands fonds sur sa gene-
rosité, & que j'étois persuadé
qu'il ne voudroit pas me for-

cer à rien qui fuſt contre ma
Religion , & mon devoir. Ne
l'apprehendez jamais , me
repliqua-t'il , ma parole eſt
inviolable , je vous l'ay donnée , & cela vous doit ſuffire.
Je fus ſi perſuadé de la grande generoſité de mon Baſſa ,
que je commençay à reſpi-
rer , à trouver ma condition
moins malheureuſe. Cepen-
dant un air modeſte que j'af-
fectois pour mieux ſoûtenir
mon perſonnage , & l'application que j'avois à m'acqui-
ter des ſoins qu'on me com-
mettoit , acheverent de l'en-
flâmer. Le peu de diſpoſition
qu'il me voyoit à l'aimer le
rendoit fort chagrin , & je
m'apperceus que ſes femmes,

qui avoient la derniere com-
plaisance pour luy, tâchoient
inutilement à le divertir. Une
de celles qu'il aimoit le plus,
nommée Salama , ayant re-
connu par ses soûpirs qu'il
avoit quelque passion dans la
teste, sceut si bien profiter du
foible que le Bassa avoit pour
elle, qu'il luy avoüa enfin,
que je luy avois donné de l'a-
mour. Comme les femmes
Turques sont accoustumées
à de pareilles infidelitez, &
qu'il ne leur est pas même
permis de montrer de la jaloufie, de peur d'irriter leurs
maris en s'opposant à ce qu'ils
desirent, Salama n'eut pas la
moindre pensée de le blâmer;
elle le loüa au contraire, d'a-

voir fait un ſi bon choix , &
luy promit de me parler en
ſa faveur , pour me faire connoiſtre de quelle conſequen-
ce il m'étoit de profiter de
ma bonne fortune. Le Baſſa
fort ſatisfait d'une offre qui
flatoit ſi fort ſes deſirs , la
pria d'y travailler avec application , l'aſſeurant qu'elle ne
pouvoit lui dõner une marque
plus ſenſible de ſon amour. Salama me fit appeller dans un
jardin , où aprés m'avoir fait
bien des amitiez, elle me parla de la paſſion du Baſſa , de
ſon merite , & de tous les
grands advantages que je devois eſperer en y répondant.
Je vous avoüe qu'ayant eſté
élevé en Europe où les fem-

mes sont si délicates sur cette matiere, je fus estonné de
voir avec quelle éloquence
Salama tâchoit à me persuader d'aimer son mary ; ce
qui me fit soupçonner que sa
jalousie luy eust inspiré de
se servir de cet artifice pour
découvrir mes sentimens. Je
luy répondis que je croyois le
Bassa de trop bon goust,
ayant une femme aussi aimable qu'elle pour pouvoir penser à une malheureuse Es-
clave. Je vois bien, repliqua
Salama, que vous craignez
de me déplaire, & que
vous apprehendez peut-
estre, que je ne veüille vous
surprendre : mais afin que
vous n'ayez plus cette pen-

fée , apprenez que c'eſt le
Baſſa luy-même qui m'a fait
connoître la paſſion qu'il a
pour vous , & comme je ne
cherche qu'à le ſatisfaire , je
me ſuis chargée de luy épar-
gner le chagrin que voſtre
reſiſtance auroit pû luy donner. Vous eſtes trop raiſon-
nable pour mettre au deſeſpoir un ſi grand Homme, par
une delicateſſe qui ne vient
d'ordinaire que d'un faux
principe de pudeur attaché à
noſtre ſexe , qu'on ne doit
mettre en uſage que quand
elle ſert à nous faire plus valoir auprés des hommes. Je
connus par un diſcours ſi libre les ſentimens que les
Turcs inſpirent aux femmes

sur la vertu , pour les rendre
plus soûmises à leurs volontez. Salama ne me pressa pas
davantage , mais deux jours
aprés m'ayant fait appeller
dans le même jardin, elle me
fit de nouvelles instances, &
me representa plus fortement
que la premiere fois , combien il m'importoit de recevoir une fortune , que tant
d'autres souhaiteroient inutilement.

Quoy que Salama fût par-
faitement belle , & que le
Bassa la distinguast de toutes
ses femmes , comme elle ne
pouvoit seule arrêter ses de-
sirs , elle s'accommodoit en
femme d'esprit à son incon-
stance , & se rendant com-

plaisante à toutes ses passions, elle se conservoit par là un empire que sa beauté seule n'eust pû luy donner. Ces raisons l'engageoient à me solliciter avec une ardeur qui produisoit en moy des mouvemens bien differens de ceux qu'elle y vouloit faire naître. Je commençois à sentir pour Salama ce qu'elle tâchoit à m'inspirer pour son mary. Elle m'exaggeroit l'amour du Bassa en des termes si touchans, que je ne pûs me défendre de tous les charmes qu'elle étala dans ce moment pour me persuader. Je me determinay donc à luy apprendre ce que j'étois, sans pouvoir démêler si je le faifois pour ne pas tomber dans les inconveniens dont j'ay déja parlé, ou par l'esperance de tirer quelque avantage de la connoissance que je luy donnois. Jamais personne n'a esté plus surprise que Salama le parut en apprenant une nouvelle si extraordinaire. Elle fut quelque temps sans me répondre, & feignant de ne pas croire ce que je luy avois dit, je me servis de son ignorance affectée, & pris des libertez avec elle, qu'on souffre des personnes d'un même sexe. Cette tentative m'ayant réüssi, & croyant de trouver en elle toute la correspondance que je pouvois desirer, soit qu'elle trouvast

en moy quelque chofe qui
luy pluſt, ou qu'elle fuſt ten-
tée par la facilité d'un commerce qu'on ne pouvoit jamais ſoupçonner, elle répondit tendrement à mes em-
preſſemens, & je profitay de
l'occaſion.

Nous ne ſongeâmes plus
qu'à tenir le Baſſa dans l'erreur,& à chercher les moyens
de nous voir ſouvent. Le pretexte qu'elle prenoit de me
parler en faveur de ſon mary
luy en fourniſſoit aſſez d'occaſions, il falloit pourtant
donner des raiſons de ma reſiſtance ; tantoſt elle en trouvoit dans ma pudeur, & tantoſt dans ma mauvaiſe ſanté.
Nous amuſâmes le Baſſa plus

de trois mois par de pareils
artifices , & je commençois
à eftre affez fatisfait de ma
captivité , par les foins que
Salama prenoit de l'adoucir ,
& par la promeffe qu'elle
m'avoit faite, qu'auffi-tôt que
le Baffa iroit fur Mer pour
commander les vaiffeaux qui
devoient partir dans peu de
temps pour aller à la Me-
que , elle trouveroit moyen
de s'enfuïr avec moy dans
mon Païs.

Plein de cette efperance ,
je redoublois mes empreffemens pour Salama , lors que
le Baffa impatient dans fon
amour , & ennuyé de tant de
remifes , voulut s'éclaircir
luy-même de ce qu'il devoit

efperer de moy, & foupçon-
nant peut-eftre fa femme, de
ne pas faire fes efforts pour
me refoudre à ce qu'il fouhaitoit, il refolut de nous
obferver. Le lieu le plus ordinaire de nos converfations
eftoit un cabinet, au bout
d'un jardin, où l'on ne pouvoit aborder fans eftre apperceu de ceux qui eftoient de-
dans, le Baffa s'eftant gliffé
fort adroitement dans ce lieu,
s'y cacha devant que nous y
fuffions arrivez. L'impatience
de nous voir fans témoins,
ne nous permit pas de faire
une longue promenade. Auffi-toft que nous fûmes entrez dans ce cabinet, nous
nous abandonnâmes à noftre

amour avec toute la confiance de deux Amans, qui croyent n'avoir rien à craindre, & le Baſſa nous ſurprit en un eſtat à ne pouvoir plus douter de ce que j'êtois, ny de la trahiſon de ſa femme. Sa rage luy inſpira ſur le champ le party qu'il avoit à prendre, & ayant fait appeller un Eſclave qu'il connoiſſoit propre à executer le deſſein que luy ſuggeroit ſa jalouſie, il me fit mettre hors d'eſtat d'en donner jamais à perſonne.

Les larmes que le ſouvenir d'une action ſi barbare arracha au pauvre Dom Auguſtin, étouffèrent ſa voix, & l'empêcherent de pouvoir

continuer. Quelque compaſſion qu'un recit ſi pitoyable
donnaſt à Yolande & à Za-
rabey, elles ne pûrent refuſer à leur ſexe de ſentir du
mépris pour Dom Auguſtin,
& de rire de l'eſtat où ce
cruel accident avoit reduit
ce malheureux. Le deſordre
où il eſtoit l'empêcha de s'en
appercevoir, & elles luy mar-
querent tant d'empreſſement
d'apprendre la deſtinée de
Salama, qu'il fut obligé de
continuer ſon diſcours en ces
termes.

La malheureuſe Salama
qui fut forcée par ſon mary
d'aſſiſter à l'execution de ſes
ordres, voulut ſe dérober aux
reproches & aux cruautez
de

de ce barbare , en se saisis-
sant d'un poignard que le
Bassa portoit à son côté, dont
elle tâcha à se tuër ; mais sa
main ayant trop foiblement
secondé son desespoir , elle
ne se blessa que legerement ,
& le Bassa surpris de sa resolution la fit emporter. Je fus
plus de huit jours dans l'esperance que la mort me délivreroit de mon ignominie ,
cependant ma grande jeu-
nesse , & les soins qu'on eut
de plaire au Bassa qui avoit
recommandé qu'on n'épar-
gnast rien pour ma santé ,
(peut-estre par le plaisir qu'il
se proposoit d'insulter à mon
malheur) contribuerent si

II. Partie. E

fort à ma guerifon, qu'en peu
de temps je me portay bien,
malgré le regret que j'avois
de vivre. Mon defefpoir ne
m'empêcha pas de m'inte-
reffer à la fortune de Salama,
& j'eus une efpece de confolation d'apprendre que le
Baffa touché de fon repentir, & compâtiffant à la foi-
bleffe de fon fexe, luy avoit
enfin pardonné.

Le Baffa s'eftant avifé de
divertir le grand Vizir, par
le recit de fes cruautez, &
de mes malheurs, ce Mi-
niftre eut la curiofité de me
voir, & m'ayant trouvé tous
les traits de cette beauté qui
m'avoit efté fi fatale, il fit
connoiftre au Baffa que le

Grand Seigneur feroit bien
aife d'entendre ce recit, &
luy confeilla de me prefenter à Sa Hauteffe pour luy
fervir dans le Serrail, le Baffa
le luy promit en ma prefence, & je regarday même
cet employ comme un bien,
puis qu'il me délivroit de la
veuë de mon Bourreau. Mais
avant que j'euffe cette foible
confolation, il voulut donner un nouveau ragouft à
fa vengeance, m'ayant fait
appeller pour le fervir à fon
fouper dans mon habille-
ment d'Eunuque. Je fus extrêmement furpris de voir
Salama, qui mangeoit avec
luy, & qui le divertiffoit

E ij

par une converſation fort enjoüée. Le plaiſir que je remar-
quay qu'elle avoit à le faire,
me confirma ce que j'avois
ſouvent oüy dire de la lege-
reté des perſonnes de ſon ſexe , qui ſe conſolent aiſément de la perte de ceux
qu'elles ont aimé avec le
plus d'attache. Mais lors que
de ſon propre mouvement je
vis qu'elle excitoit le Baſſa
à me regarder , & à rire de
mon habit , j'avoüe que je
reconnus que j'avois eſté
trompé toute ma vie dans la
bonne opinion que j'avois
eu de la fauſſe tendreſſe de
ſes ſemblables ; car bien loin
que mon eſtat luy fit compaſſion, elle m'inſulta par di-

verses railleries. Le Baſſa fut
ſi content de ſa complaiſance , qu'il la pria de luy ra-
conter de quels artifices je
m'étois ſervy pour la ſedui-
re. Elle luy obeït ſans repugnance , & affecta tant de
mépris pour moy , que je
ne ſçaurois me ſouvenir que
vous eſtes du ſexe de cette
perfide , ſans en avoir du
reſſentiment contre vous.
Cette derniere circonſtance
cauſa tant de douleur à Dom
Auguſtin, qu'il ſe retira avec
précipitation , ſans écouter
les prieres d'Yolande, & de
Zarabey , qui vouloient le
retenir encore.

A peine Dom Auguſtin

étoit-il forty, lors qu'un Eunuque noir entra pour advertir
ces deux belles perfonnes de
fe trouver à un Sarao, ou
dance qui fe faifoit dans l'appartement du chef des Eu-
nuques. Yolande qui n'eftoit
plus fenfible aux plaifirs, auroit bien voulu fe difpenfer
d'y aller, mais elle eut la complaifance d'accompagner Zarabey, qui aimoit ces divertiffemens, & qui d'ailleurs
étoit ravie de fe trouver dans
cette forte d'affemblées, pour
remarquer s'il y avoit quelque Dame, qui puft luy dif-
puter les avantages dont la
nature l'avoit fi liberalement
partagée. Elle en fortit auffi
fort fatisfaite, ayant eu le

bonheur ou l'adreſſe, de gagner un riche colier de per-
les, qui eſtoit le prix deſtiné
à celle qui s'acquitteroit de
meilleure grace de cette dance. Yolande ne fut pas la
derniere à la feliciter : &
comme elle n'avoit aucune
penſée de plaire dans le Serrail, elle eſtoit bien-aiſe de
voir que ſon Amie ſe diſtin-
guoit. Elles vivoient dans une
étroite union, & Dom Au-
guſtin, contre la coûtume des
autres Eunuques, avoit tant
de complaiſance pour elles,
qu'il leur facilitoit les moyens
de ſe voir, & de s'entretenir
fort ſouvent, quoy que ces
converſations ne leur ſoient

permifes que certains jours
de la femaine. Yolande s'in-
tereffoit trop à Zarabey, pour
ne pas defirer de fçavoir fes
affaires ; elle luy en parla un
jour, & la pria de luy apprendre comment elle eftoit entrée dans le Serrail, & fi fes
parens y avoient donné les
mains, où bien fi on l'avoit
arrachée de leur maifon avec
violence. Je pardonnerois à
une autre perfonne, une erreur fi groffiere, interrompit
Zarabey, en riant : mais vous,
qui avez beaucoup d'efprit,
pouvez-vous croire qu'il y
ait des parens affez injuftes,
pour s'oppofer au bon-heur
de leurs enfans, lors qu'ils
font choifis pour entrer dans

le Serrail. Je ne me souve-
nois pas , repliqua Yolande ,
que vous m'avez déja traittée de Barbare dans une pareille converſation ; je vous
avoüeray même , puis que
vous le voulez , que j'ay eu
tort de vous faire une demande ſi éloignée du bon
ſens : mais en revanche, ne
differez donc pas à m'ap-
prendre par quel bon-heur
extraordinaire vous eſtes par-
venuë à une felicité qui eſt
ſi fort de voſtre gouſt. L'Eunuque Dom Auguſtin m'en
a déja priée, dit Zarabey, je
vous promets de ſatisfaire
voſtre curioſité dés que nous
ferons enſemble. Heureuſe-
E v

ment Dom Auguſtin arriva
dans ce temps-là, & Za-
rabey commença ſon hi-
ſtoire.

Le nom de mon ayeul a
fait tant de bruit dans l'O-
rient, que je pourrois vous
avoüer ſans honte mon origine, ſi la derniere action
qu'il a faite en renonçant à
noſtre grand Prophete, n'en
avoit effacé toute la gloire.
Il eſtoit Européen, & de ra-
ce Chreſtienne ; il avoit
neanmoins eſté élevé à la
Porte, & avec tant de bon-
heur, qu'il avoit merité l'e-
ſtime du grand Seigneur, qui
luy en donna des marques
en toutes les occaſions. La
conduite, & la valeur qu'il

fit paroiſtre dans pluſieurs emplois qu'on luy confia, avoient fait oublier ſa naiſ-ſance; il eſtoit traitté com-me s'il fuſt nay *Muſſulman*, & il joüiſſoit des mêmes privileges que ceux qui ont cet avantage. Je ne vous fé-ray point icy un détail de la vie de ce grand homme, toutes les Hiſtoires de ſon temps en parlent. C'eſt aſ-ſez de vous dire qu'apres avoir paſſé plus de quaran-te ans au ſervice de l'Empe-reur, il eut la foibleſſe ſi ordinaire à la pluſpart des hommes, & il ſouhaita de revoir ſa patrie. Cependant comme il eſtoit fort au deſ-

E vj

fus du commun , j'ay peine
à croire qu'il fe foit laiffé
entraîner à des fentimens fi
ordinaires , & il eft bien
plus probable qu'une Efclave Chreftienne , qu'il aima
paffionnément dans les derniers temps , eut l'adreffe
de reveiller un defir qu'il
avoit toûjours confervé de
rentrer dans la Religion de
fes Peres , & le determina
par fes importunitez à une
honteufe fuite : car ayant
difpofé fes affaires bien fe-
cretement , il équipa deux
bons vaiffeaux , & apres
avoir donné une partie de
fes biens à une de fes femmes qu'il avoit toûjours ai-

mée, il s'embarqua avec cette malheureuse Esclave, sur
je ne sçay quel pretexte. Il
courut un bruit long-temps
apres qu'il estoit entré dans
un Port de Chrestiens : cela
se confirma par tant de
differens endroits , qu'on
n'eut plus lieu d'en douter.
Jugez avec quelle surprise
ses femmes apprirent cette
triste nouvelle, & principalement celle qu'il avoit toûjours distinguée, qui attendoit son retour avec des im-
patiences , qu'il vous fera
aisé de vous imaginer lors
que vous sçaurez qu'elle se
trouvoit grosse, (& c'est de
cette grossesse que mon pe-

re eft venu.) Elle fe reprefentoit à tout moment la
joye que recevroit fon mary, en apprenant que dans
le temps qu'il eftoit pref-
que hors d'efperance d'avoir
des enfans, elle alloit peut-
eftre luy donner un fuc-
cefleur, qui pourroit foûtenir un jour la reputation
de fon nom, fi connu dans
l'Empire Ottoman ; mais ce
qui devoit faire fa joye, ne
fervit qu'à luy faire fentir
plus douloureufement le départ, ou pour mieux dire la
perte de fon mary. Elle en
eut tant de déplaifir, qu'elle
accoucha avant le terme, &
mourut de chagrin peu de

temps apres. On parla di-
verſement du départ de mon
ayeul ; ſes amis qui eſtoient en
grand nombre ayant horreur
d'une action ſi indigne de ce
grand Capitaine , prirent
ſoin de publier qu'il avoit
eſté pris par les Galeres de
Malthe : & comme l'on ne
ſçait jamais bien la verité
de ce qui ſe paſſe ſur la Mer,
cet artifice qui fit douter ſi
ſon éloignement avoit eſté
volontaire , a rendu ſa me-
moire moins odieuſe , & ſon
fils ou mon pere , ſi vous
voulez , qui dans un âge
tendre eſtoit déja fort ro-
buſte , fut élevé aux dépens
du Grand Seigneur. On luy

parloit inceſſamment de la
gloire que ſon pere avoit
acquiſe, & avant qu'il fuſt
en âge d'aller à la guerre,
il eſtoit déja plein de cette
noble audace, ſi naturelle
aux grands Guerriers. Auſſi-
toſt qu'on luy permit de ſe
trouver dans les occaſions
où il puſt montrer ſon courage, il s'attira l'eſtime de
tous ceux qui le virent com-
battre. Comme je n'ay pas
deſſein de vous faire icy ſon
Hiſtoire, je me contente-
ray de vous dire, qu'aprés
avoir eu des avantages conſiderables ſur les Ennemis
du Grand Seigneur, l'Amour,
ce Tyran, qui s'attache par-

ticulierement à foûmettre
les Grands Hommes, triom-
pha de luy à fon tour. Il
vid ma mere en paſſant à
Andrinople ; elle eſtoit Geor-
giene, & une des plus belles perſonnes du monde ; il
la trouva ſi fort à ſon gré,
qu'il s'attacha à elle, & reſolut de l'épouſer. Je ne vous
feray point un recit des circonſtances de leurs amours,
quoy qu'il s'y ſoit paſſé des
particularitez aſſez ſingulie-
res. Enfin aprés mille & mille difficultez qu'il vainquit
par ſa perſeverance, ſon
amour fut recompenſé, &
vous voyez en moy le fruit
de la premiere année de

leur mariage. Les Perſes
ayant mis en ce temps-là
une nombreuſe armée ſur
pied, qui ſembloit menacer
tout l'Empire Ottoman, mon
Pere fut des premiers à mar-
cher pour s'oppoſer à leurs in-
juſtes deſſeins, ayant toûjours
devant les yeux les exemples
de ſon Pere ; il eut le malheur d'eſtre tué en cher-
chant à faire voir qu'il étoit
digne fils du *fameux Baſſa
Cigala*. Zarabey n'eut pas
ſi-toſt nommé le Baſſa Cigala , qu'elle remarqua un
grand changement ſur les
viſages de ceux qui l'écou-
toient , mais particuliere-
ment ſur celuy d'Yolande ,

qui reconnoiſſant par le recit qu'elle venoit d'entendre que Zarabey eſtoit de
ſa Famille , l'embraſſa ſans
luy donner le temps de continuer.

Fin de la Seconde Partie.

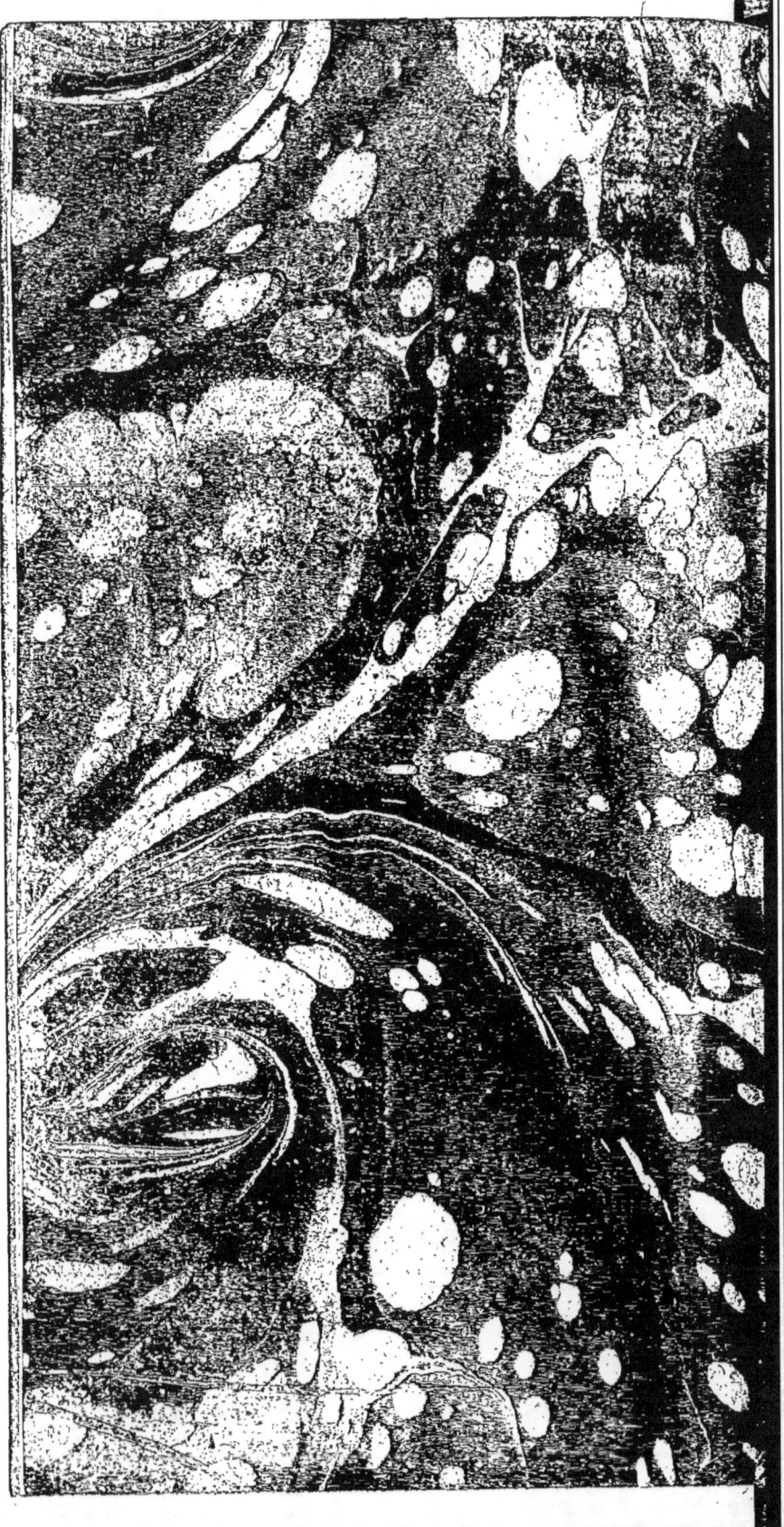

www.ingramcontent.com/pod-product-compliance
Lightning Source LLC
Chambersburg PA
CBHW070452030726
47503CB00004B/1008